UNE DEMANDE FOLLE

Du même auteur :

Simone, éditions de l'Observatoire, 2021.

www.editions-jclattes.fr

Léa Chauvel-Lévy

UNE DEMANDE FOLLE

Roman

JC Lattès

Avec le soutien de la Villa Médicis.

Maquette de couverture : Le Petit Atelier.

ISBN : 978-2-7096-7212-2

Première édition février 2024.

À mon père Gérard,
à mon fils Siméon,
à mon amour et compagnon Charles.

Mater certissima,
pater semper incertus.
« La mère est certaine,
le père toujours incertain. »

Prologue
20 novembre 2022

Les plombs ont sauté. Je m'évertue à rétablir l'électricité. Le ciel ne m'aide pas, il fait noir dehors. Il n'est pas tard mais la ville est morte. Il me faudrait une lampe torche, j'en demande une à mon père.

Il est de passage à Paris pour voir mon fils, il ne vient pas beaucoup depuis qu'il s'est exilé dans la campagne normande. Me voir, moi aussi, sa fille. Mon père s'avance vers le compteur, il nous sort de l'obscurité.

Mon ventre se noue, j'ai eu peur de rester dans une pièce grise comme les nuages.

« Papy, tu peux m'aider à écrire mon prénom ? »

Alors que mon fils prend place sur les genoux de mon père, je suis émue de cette image. Elle est belle, cette image. Celle qui suivra l'est moins. L'enfant s'empare du livre de mon père, il déchire une page. Mon père le saisit et éructe. Il le secoue. Mon fils hurle, il se débat. Je n'interviens pas, figée. Il a recommencé. Mon père a recommencé. Après des années de calme, la machine s'est remise à se détraquer. J'aurais voulu secourir mon fils, je n'en trouve pas la force, parce que j'ai encore peur de mon père. Tout me revient. Tout.

I

1.

Si on avait filmé, on aurait vu un homme, de dos, étrangler une femme, de face. Mais c'est trop facile. La vie ruisselle de nuances, jusqu'à la confusion. Si on avait enregistré, on aurait entendu les cris d'un homme. Car moi, je me suis tue. J'apprendrai plus tard que cela porte un nom, cet état, la sidération.

Sidération : anéantissement soudain des fonctions vitales, avec état de mort apparente, sous l'effet d'un violent choc émotionnel.

Incapacité momentanée à pouvoir réaliser ce qui arrive à la suite d'un choc. La personne est incapable de réfléchir et d'analyser la situation, pour une durée qui peut aller de quelques minutes à quelques jours.

De quelques minutes à quelques jours. Cela dure toujours.

Mais personne n'a filmé et ma mémoire se place systématiquement de son côté à lui. Il n'y a pas un bourreau et une victime, il y a deux personnes qui ne savent plus être dans une pièce sans vouloir que l'autre disparaisse. Il y a soit trop d'air entre eux, soit pas assez. La violence n'a pas de visage unique et les souvenirs se perdent. Je n'ai rien dit, je suis sortie de la pièce, je me suis accroupie par terre et j'ai attendu qu'il revienne. Peut-être pour qu'il termine ce qu'il avait commencé. Il n'a rien dit, il ne m'a pas regardée.

Avant ses mains sur mon cou, je ne me souviens plus des rôles que l'on jouait. Je sais juste que l'on déplaçait un canapé bleu ciel. Celui sur lequel ma mère avait dormi enfant puisqu'il se trouvait à l'époque dans l'appartement de mon grand-père. C'est ce meuble qui avait fait monter la lave dans les membres du corps de mon père. Comme si ce canapé contenant une génération entière, une vie où son ex-femme avait dormi enfant, lui avait ordonné de faire mal à quelqu'un.

Ce quelqu'un fut moi. Comme il l'avait parfois fait, il se jetait sur moi, avec une fureur qui vient de loin, du continent des bleus. Moi, jeune femme à qui il venait dire que le monde tournerait mieux sans elle. J'étais de trop. J'étais le problème. Et la solution était la fin de ma vie. La fin de mes jours, ce jour où j'ai cru que j'allais mourir d'avoir trop existé.

Il a crié parce que je me débrouillais mal avec ce meuble. Il fallait l'incliner pour qu'il passe par la porte, je n'ai pas su faire. Ma main a lâché.

Évidemment que ce canapé n'était pas la cause de ses cris, sa colère l'emportait une fois par mois, ou moins, si peu selon ma mère, trop de moi à moi. Un bouillonnement, une perturbation, puis les secousses et ce qui suit : moi, par terre, dans un coin, seule.

Il avait raison, me suis-je dit, ma main a lâché. Un meuble. Une main. Et puis mon souffle qui ne fait plus de bruit. Je n'ai rien ressenti à part la certitude que j'étais une épine dans son existence. L'écharde qui dépasse, la mauvaise veine dans le bois qui le rend disgracieux, l'enfant qui ne parle pas même s'il comprend tout.

Au moment où ses mains ont encerclé mon cou, j'ai presque éprouvé un soulagement.

S'il était capable de faire ça, c'est que je l'avais mérité. Il me supprimait et abrogeait ma douleur.

Je lui en savais gré, il me libérait. L'injustice ne m'a pas effleurée une seconde. Ma réaction fut celle de la plus pure compréhension. Vas-y, tue-moi qu'on en finisse.

« De toute façon je ne suis pas sûr d'être ton père. »

Il a jeté cela dans la pièce. Les mots sont tombés sur le sol.

L'ordre des choses bascula en même temps que le meuble. Et je compris alors que cette phrase était la matrice qui m'avait vue grandir, qu'il m'avait élevée dans ce doute. Je compris tout. Tout s'aligna. Ligne horizontale du début de la vie jusqu'à ce point, ce moment où je saisissais, enfin, le sens larvé. La clarté d'un enchaînement, la logique froide.

« De toute façon je ne suis pas sûr d'être ton père », ces mots choisis sonnent encore comme une symphonie macabre. Mais pourtant il y a quelque chose de beau là-dedans. Il y a un homme qui veut tuer sa fille car il lui est insupportable de ne pas savoir s'il est son père. C'est l'amour même dans les habits de la violence.

Je n'ai jamais vêtu mes propres habits, ceux de la fille qui se relève et dit : tu n'as pas le droit, je veux vivre, encore.

Je ne lui en ai jamais reparlé. Il a peut-être oublié. J'ai longtemps cherché à réécrire la scène pour ne pas sombrer dans la folie. La nuit, je me réveille encore avec ses mains qui s'avancent et qui s'élancent vers l'inqualifiable et puis je me rendors en tenant contre moi la croyance qu'il m'avait fait là une confidence, un aveu d'amour.

2.

On s'est assis, l'un en face de l'autre, quelques minutes plus tard, dans sa cuisine, sur deux chaises en bois clair. Je fixais le carrelage. Un carreau orange. Un carreau beige. Et cela sur vingt mètres carrés. Le froid léchait ma nuque. De ces jours où les manteaux se gardent même en intérieur. La cafetière coulait, comme un ruisseau dans le fond d'un paysage connu. Un léger sifflement qui clôt les mots et adoucit le silence.

Je l'ai écouté en lui obéissant, c'est-à-dire en me taisant. Et ce bâillon, je le recevais comme une chose juste.

« Je ne suis pas sûr d'être ton père. » Il répéta ces mots, cette fois, d'une voix posée, débarrassée de toute véhémence.

Ensuite, dans un long monologue, il étouffa ses pleurs et je lui tins la main. Il voulait désosser la violence mais la justifier, aussi. Les cris avaient une racine, ils n'avaient pas été là par hasard, il y avait eu un événement déclencheur. Mais sur cet événement, il ne dit rien. La mère. Rien. Ses mains douces, soudain sauvages, s'expliquaient par sa difficulté d'une vie à m'élever sans savoir. Seule la science disait-il nous sortirait de l'ombre. La science ? Je ne suis pas forte en mathématiques, n'ai aucune forme de logique, je compte sur mes doigts et j'hésite encore. Pause blanche, sans qu'aucune réflexion ne vienne me secourir. Il n'y a plus qu'une phrase dite une minute plus tôt qui tourne dans un cerveau mort. Ensevelie par une phrase, écrasée. Et le corps qui s'éteint. Aucune larme ne glisse sur mes joues, puisque je le comprends et que j'ai sur mes épaules ses torts et ses écarts. Que je porte la trace de l'impétuosité qui se transmet d'appartement en appartement, qui glisse de meuble en meuble. Les coups qu'il avait reçus, ceux que je recevais, cette fois sous formes de mots, de pointes, de propos inflexibles et irréparables. Un troc, une opération. Le fouet. Celui de son père qui prenait ici la forme d'une parole qui survivait et laissait une trace. Remembrance logée quelque part, immatérielle, incolore, invisible mais persistante. Comment se transforment les paroles maupiteuses ? Où prennent-elles place ? Est-ce qu'elles attaquent les neurones, les connexions synaptiques, les vertèbres du sens ? Où vont-elles ?

Les couteaux qui fusaient dans l'appartement qu'il occupait enfant revenaient ici s'abattre sur mon cou et la lame continuait à entonner son chant fatal.

Il n'a pas eu le choix. Il répète, modifie à peine le cours de l'histoire, il ajoute de la tendresse comme il peut mais il fait comme son père a fait avec lui, successeur. Et la honte, tenace, passe sous les portes. Elle se faufile.

Je ne lui en ai jamais voulu car je savais où s'enracinaient ses plaies. Je tenais dans mes mains son dos meurtri. Je le voyais gamin et j'en pleurais. Et quand il s'excusait, après, je lui disais de ne pas s'en faire, que je savais.

Je savais quoi au juste ?

Je n'avais pas été à ses côtés quand tout cela était arrivé. La seule chose que je vivais, c'était ma vie de gosse qui tremble et se cache sous les tables quand l'ombre approche, un mètre soixante-quinze d'ombre d'une pièce à l'autre, et qui traverse trop vite le salon jusqu'à mon pyjama mouillé.

Alors que pouvait la science ? Affirmer une bonne fois pour toutes qu'il était mon père et qu'il avait eu tort de m'abîmer ?

3.

Dans la cuisine, où l'on avait pris place, sur ces deux chaises en bois clair, en face l'un de l'autre, autour de la *science*, celle qui répondrait à sa question et serait la seule, affirmait-il, à pouvoir mettre fin à son doute, je me taisais.

J'écoutais son discours, construit, calme. Il venait de m'étrangler mais il n'avait rien perdu de son sang-froid. L'agresseur maîtrise le moment. Il a peut-être attendu toute sa vie de père pour réciter ce texte qui a tourné en boucle dans son esprit. Vingt-huit ans lui ont permis de connaître par cœur ce qu'il m'exposait. Il s'était renseigné et déclamait.

« Il faudrait faire un test de paternité en Suisse. »

Je n'ai pas cherché à comprendre. J'épousais encore son point de vue, le seul qui existait. Le seul qui comptait. Il personnifiait l'autorité, il ne fallait pas la remettre en cause. Il était le maître des conversations de l'ordre et de la morale, la colonne vertébrale de ma pensée.

Je ne me suis jamais autorisée à penser pour moi-même. C'était sa verve, ses intonations qui prévalaient. Et tout cela avait l'odeur du café. C'était l'odeur de la raison. Je ne pouvais pas dire non, il me fallait obtempérer. Au rapport, à l'injonction. Le récit familial sous son prisme, son monde avant le mien. Son corps devant mon corps. La violence comme système, cérémonie précise. Imparable.

C'était lui le père, celui qui s'autorise à rugir quand sa petite lionne lui renvoie une réalité glaçante. L'animal qui a bien plus de muscles, de coffre, qui effraie les oiseaux autour, qui tient dans sa gueule sa proie. La loi du plus fort.

Je n'avais pas le gosier expérimenté, alors j'ai dit oui. À partir de cette approbation, je ne sus plus quel était mon nom. Je ne sus plus si j'avais l'âge de vivre, encore.

4.

Contre moi, j'avançais. Je n'avais pas choisi d'être là, mais je nous le devais. La nuit était encore étouffée dans son manteau aux manches trop longues. Nous avions rendez-vous devant la gare de Lyon à 5 h 50.

Le froid avait décidé de jouer sa partition, il était bien là. Mais lui, je ne le voyais pas, mon père. Je le cherchais partout, ce grand être aux contours imprécis. Il apparut, il s'avança sans me voir. Perdu dans sa course pour rejoindre sa fille, il passa à côté de moi.

Je le retins par la manche.

Je suis là, papa, façon de dire que je serai toujours là. Le train avait du retard, il nous refusait le droit de savoir. Dix minutes que je perçus comme un odieux adversaire. Nous qui allions vers la

Suisse, pays neutre que mon père avait choisi pour que tombe le verdict. Allait-il être mon père ? Il y avait mille façons de répondre à cette question. Nos peaux mates en été, nos taches de naissance sur une phalange, notre nez grec et nos cheveux noirs, épais, nombreux. Nous semblions dessinés pareils, identités unies, ressemblance que notaient les passants, les amis. La vie nous renvoyait au pareil, au même, mais aujourd'hui, on allait peut-être nous séparer à jamais.

Je n'avais pas du tout l'âge d'être accompagnée par mon père en train. Je n'avais pas du tout l'âge de me poser ces questions-là. À vingt-huit ans, on fabrique une famille, on sait d'où l'on vient ou à peu près. On a fait son analyse, on est descendu en soi et on se tient dans le monde en adulte. C'est ce que je croyais. Le jour du canapé, mon père avait décidé que s'effondreraient mes certitudes, mes principales attaches. J'avais alors accusé le coup en me réveillant violemment d'un monde où je n'étais plus.

Je n'ai pas cherché à comprendre. Pourtant s'il y avait doute, ma mère tenait nécessairement un rôle. Mais je n'y ai pas pensé. Une opération du Saint-Esprit. Un mystère qui ne montait pas au cerveau, interdit. Que faire d'un doute qui passe d'une mère à un père, puis atteint l'enfant ?

Alors nous prenions le train du doute, comme deux enfants ignorants, l'un contre l'autre, mais désespérément seuls. Terrorisés, sans se le dire. On tentait de faire comme si cette situation ne nous ébranlait pas. On faisait semblant de parler du paysage. Ce paysage faisait de la figuration, il était de trop. Car on ne voulait rien voir d'autre que la vérité, ce concept large comme un lac noir, et profond comme un cachot.

Était-on fait du même bois, avait-on la même essence ? On allait vers l'inconnu, un grand trou où j'allais peut-être tomber ce soir avant la nuit. On aurait les résultats bientôt avait affirmé le laboratoire. Soumis à une sentence qui prendrait la forme d'une analyse de notre ADN. On comparerait puis on nous rejetterait dans la vie et il faudrait se débrouiller seuls, avec ça.

Ce serait la science qui définirait notre sort. Mon père en avait décidé ainsi. J'étais rendue à une ébauche sur laquelle la science allait apposer son trait définitif. Et la fautive ne serait pas là. La mère, absente, celle qui avait choisi le silence. Mais il fallait la comprendre, on n'expose pas sa fille à sa vie sexuelle. On se tait, on vit au-delà, derrière, ailleurs, là où l'enfance ne va pas, dans le lit des adultes, dans le sexe qui nous précède.

5.

Dans le petit matin, nous avions ainsi fui vers la Suisse. Le soleil tardait à nous envelopper. Puis, la lumière s'était imposée et avait pris toute sa place. J'appuyais ma tête sur la fenêtre givrée, j'aurais voulu me reposer sur l'épaule de mon père. Je n'osai pas. À moi l'ombre qui tarde dehors sur les champs gelés.

Le train n'allait pas assez vite. Il me fallait bien trouver un coupable. J'ai toujours été pressée. Il y a une certaine urgence à vivre les choses, même boire un café, à la hâte, parce qu'on peut disparaître avant de l'avoir bu. Le temps d'après est ma survie. Je saute le pas, je monte vite les marches, je cours d'avoir peur d'être rattrapée, rejointe par ce temps qui s'est abattu de ses deux mains sur mon cou.

Il faudrait manger, me dit-il, un petit-déjeuner, boire un café. Je le suis dans le couloir qui mène au wagon-restaurant, les jambes en coton, reliées à rien. Le vide sous moi. Comment pouvais-je tenir debout ? Rétrospectivement, je me dis que je devais être dans le déni, ce grand allié qui nous protège tout en nous piégeant. À quel moment ne se ment-t-on pas ? À quel moment nous tenons-nous debout, main dans la main, avec nous-même ?

Je marchais derrière lui, dans ses pas, caneton apeuré, mais rassuré qu'on lui ouvre la voie. Je voyais son dos et cette image m'émouvait. J'en aurais pleuré de voir son dos.

Parce que je l'imaginais, courbé pour travailler le bois. Et avant lui, son père dans les champs normands. Par quelles connexions neuronales se retrouve-t-on à penser à une lignée d'hommes qui nous précède par la seule vision d'un dos ?

6.

Dans ce train pour Lausanne, je n'avais aucun allié. Alors j'ai joué à la petite fille sage et fait comme si j'étais de son côté, à lui. Plaisanter, nous offrir la vision de nos deux gorges déployées pour libérer un rire, ne surtout pas dire que l'on tremble. Me montrer douce et même heureuse de la situation.

On allait en Suisse, moi qui ne voyageais pas beaucoup, je disais profiter d'une journée en dehors de Paris.

Mes yeux trouvaient refuge dans mon café, que j'avais commandé long pour pouvoir étirer ce moment autre part qu'à nos deux places attitrées, dans ce train. On roulait, on roulait.

Par-delà la campagne, en deçà du sens.

La Suisse était toute proche, les montagnes naissantes le confirmaient. Les vaches n'avaient plus la même robe, les plaines gondolaient et devenaient ascension, on aurait presque eu envie de se promener, en marcheurs. Comme avant.

Chaque été, la petite famille pliait bagage et établissait son camp de base dans un village suisse. Les randonnées étaient longues et ardues, elles relevaient parfois de la folie. Se perdre, surtout pas de carte, le chemin était le sien, il ne fallait pas en prendre un autre.

Il fallait marcher dans l'audace de ses pas.

Souffle court. Chemin étroit. Encore plus vite, plus haut, près du vide, tout près. Que j'aimais cela, me lever tôt pour marcher avec lui, regarder les marmottes caressées par le soleil tendre, n'être plus que deux pour voir la beauté des cols et des chemins, des lacs en contrebas, flaques bleutées gigantesques et si pures. J'y voyais notre amour, j'y voyais notre union. J'en rêve encore de ce privilège. Nous étions deux, nous étions seuls.

Dans ce train, je me sens comme sur ces sentiers, perdue mais protégée. Dans ce système qui me tient. Encore du côté de mon père, du côté de la compréhension aimante.

Et puisque les trains ont des destinations, on descendit, lui devant moi. Je trébuchai sur le quai, un peu, pas beaucoup, juste assez pour qu'une anicroche se fasse sentir. Pourquoi avait-il pris une valise ? Je ne la remarquais que maintenant. L'angoisse monta vers ma gorge.

Allais-je devoir rentrer seule ? Et, comme s'il avait déjà fait le trajet, il me guida vers le CHU de Lausanne. Un hôpital. Qu'allais-je faire à vingt-huit ans dans un hôpital avec mon père ?

7.

Mon père fit cette chose curieuse, il continua à lire dans la rue. Pour qui lit-on ? Pour qui s'instruit-on ? Au fond, j'avais étudié la philosophie pour discuter avec mon père. Pour lui plaire. Ou plutôt pour rejoindre sa réconciliation avec la vie. La pensée était notre trait d'union. Mais je mentais. Je jouais à l'intellectuelle sans en avoir les moyens. Je faisais semblant pour l'épater, caresser son esprit tourné vers les pages écrites. Mais je refermais les livres en ayant l'impression d'avoir fait ça pour lui, à travers lui.

Il était sorti de son milieu par les livres, je l'avais toujours admiré pour ça. Les week-ends, nous les passions à échanger nos points de vue, à nous disputer, aussi. La balance était précaire, les mots parfois tombaient au mauvais endroit.

Alors nous nous faisions du mal parce que nous nous aimions mal. Juste à côté de l'amour, est-ce encore de l'amour ?

L'amour a un lieu, je l'ai toujours ressenti comme ça. Chez moi il se loge dans le bas-ventre, et il remonte jusqu'au cœur. Il me lance. Après les disputes avec mon père, il me prenait dans ses bras. Ces retrouvailles, le malheur suivi de la joie d'être aimée, je les reconnaissais ailleurs, dans toutes mes histoires d'amour de ma vie de femme. Dans ma vie, l'amour a toujours été la rencontre de deux douleurs.

Lorsqu'un homme me disait qu'il m'aimait, je souffrais en silence et les joues mouillées, je me demandais comment on pouvait m'aimer sans me faire mal.

Je découvrais que l'on pouvait me protéger et cette reconnaissance me faisait me décomposer, parce qu'il était inédit de m'aimer sans faire de moi une victime.

8.

Il faut déjeuner même si le cœur est lourd. Trouver un restaurant dans ces rues étrangères. S'établir quelque part. Et mimer la légèreté malgré les larmes enclavées. Dire des mots phatiques, « Le ciel est bleu, pas un nuage, c'est fou ». Regarder les vitrines, trouver dans des touches de couleurs la force de tenir et ne pas s'effondrer, là, au milieu d'une rue, au milieu du banal qui cohabite si mal avec mon état.

Le premier troquet fait l'affaire. Mon père décide de me parler de l'essai qu'il a commencé, sur la psychanalyse. J'ai tellement la tête qui tourne que je ne saisis rien. Le *surmoi*, me dit-il, face à une salade. Le *troisième décentrement*, et un verre d'eau.

Il s'est élevé comme ça. En pensant par lui-même et je le contemple pour cela.

Penser par soi-même revient-il à trahir ceux qui viennent avant nous, qui nous ont appris à parler, qui nous ont mis au monde par la langue ? Mon père s'est affranchi de son milieu et nous l'a amplement dit. Était-ce une façon de se couper d'une partie de lui-même ? Je crois que oui, on ne peut pas se tenir complètement seul, en arbre originel dans le monde. Il y a la nourriture d'avant, où l'on puise notre source véritable, et on ne peut faire sans elle. On ne naît pas seul, on nous met au monde. Le bain ne s'arrête pas au moment de la naissance, il continue à couler, par l'intérieur. Ce seront des mots, des attitudes, des gestes qui feront de nous autre chose que des êtres purs. Pourtant c'est ce qu'il aurait voulu je crois, naître tout seul, par lui-même, sans avoir à s'extraire comme on extrait une carie, de son milieu.

Il est curieux ce mot « milieu », il dit tout l'en dedans d'une situation. Le milieu, entre quatre murs que l'on ne choisit pas. Le milieu comme la place que l'on voudrait entre ses parents dans le lit, toute la nuit, toute la vie, peut-être. On la veut cette place, rassurante et chaude, contre les portes fermées et les nuits enfoncées, pour la rejeter plus tard si le « milieu » n'est pas satisfaisant, si la culture n'est pas suffisante, si les livres manquent, si les coudes sont sur la table, si les bouches sont ouvertes pendant que l'on mange. Cette place.

9.

Je savais que nous avions à marcher longtemps pour nous rendre à l'hôpital. Je suis trop peu vêtue. Mon père me propose son manteau. Avec sa capuche toute douce, en lapin brun. Et plus je sens la douceur et plus je pleure, c'est proportionnel. Il peut être si doux avec moi. Je redeviens cette petite fille que l'on aide. Après le bain, il peignait mes cheveux, me faisait des nattes. Il savait les faire. Ma gorge irrespirable. Étau serré. L'air est si triste.

Je ne sens plus mes jambes, plus de lien, ni au père, ni à la terre. Si bien que je suis sans cesse derrière lui qui ne m'attend pas. L'un derrière l'autre, l'enfant est en deuxième ligne, il est le temps d'après. Plus loin, le parc de l'Hermitage. Il s'arrête dans une confiserie. J'en vomirais.

Nous sommes arrivés. Je m'essuie le front d'avoir couru pour le suivre, il me tend un mouchoir. Reste de tendresse. On mouche sa fille.

Le bâtiment, raide et sévère, est fait de briques. D'un rouge brutal, une menace physique, réelle.

« J'ai peur. » Il m'entend.

« Viens, je suis là », me prenant le bras puis la main, gentiment. Il me recouvre de cet édredon j'en gagne ma survie.

J'avance, l'esprit à reculons. Nous montons. Deuxième étage, après avoir demandé notre chemin. C'est lui qui a posé la question.

« Pour les tests de paternité, cela se trouve où ? »

Là. Cela se passe là. Mais d'abord il faut patienter. La salle d'attente sent l'excès d'hygiène.

Quelques sièges de couleur, en plastique, disposés dans une pièce étroite et rectangulaire. Il regarde le plafond, fixe quelque chose dans sa conscience. Je prends une longue respiration. Il l'entend et me prend la main, à nouveau. Ma main dans la sienne fait tomber toutes les peurs à mes pieds, vaincues. Nous ne parlons pas.

Une femme en blouse blanche nous invite d'une main dans son cabinet. Elle a deux grandes nattes, coincées dans l'enfance. Elle a un regard opaque malgré de grands yeux clairs. Elle ne nous voit pas. Elle semble se cacher derrière des piles de dossiers qui rendent notre demande banale, quotidienne. Nous sommes ramenés à l'ordinaire dans cette salle à peine médicalisée.

« Vous allez voir, c'est rapide. Je vais vous demander de décliner votre civilité et de remplir ce formulaire. »

Mon ventre est audible. Cette pièce me fait peur. Le siège d'examen ressemble à un appareil de torture, les rideaux baissés m'inquiètent, les dessins d'enfants au mur paraissent sortir d'un film d'horreur, mais, étrangement, je suis apaisée, excitée presque, je passe à l'acte.

« Je vais vous prendre en photo. »

Je demande à voir le polaroid. J'ai les cheveux au carré, un peu roussis sur les pointes, une mine blanche et l'air si enfantin que j'ai l'impression que l'image date d'une autre époque. Quelle année est-on ?

« Tenez, je vous donne ces bâtonnets, vous les introduisez entre l'intérieur de la joue et la gencive pendant trente secondes. Vous les tournez sur eux-mêmes et vous me les remettez sans toucher l'embout. »

Mon père, concentré, compte avec les doigts, trois fois dix secondes. Je suis sa cadence. On allait sauter du bord, à trente, compte à rebours sonore et symbolique.

Les bâtonnets remis, le docteur écrit sur deux pochettes distinctes nos deux noms, à la main. L'erreur est humaine, dit-on.

Le temps d'attente est de dix jours. Dix jours à imaginer deux réalités. Il est mon père. Il n'est pas mon père. Est-ce la même chose que de dire je suis sa fille, je ne suis pas sa fille ?

Nous quittons la salle. Mon père attend d'être dehors pour me serrer dans ses bras. L'étreinte est longue, chargée d'une histoire plus vieille que nous.

J'ai soudain cette peur irrationnelle de tout avoir à reconstruire, et repenser le monde à partir d'une nouvelle origine.

Ce risque s'ouvrait à moi : j'avais une chance sur deux de rencontrer mon vrai père. Une malédiction.

Mais qu'est-ce la biologie face aux liens véritables ? Ce qui me faisait le plus mal n'était pas le doute de mon père, mais sa volonté aveugle d'avoir besoin de « vérifier ».

Il aurait pu, et c'était le plus douloureux, décider d'être mon père coûte que coûte même s'il doutait d'être le géniteur. Tu es ma fille, quoi qu'il se passe. J'aurais voulu lui arracher ces mots. Ils ne vinrent pas.

10.

Nous étions partis de Paris tous les deux, je rentrais seule. Il fallait que je tienne mon corps par la pensée pour qu'il résiste, seul, à l'éloignement. J'aurais voulu que mon père me porte car je n'avais plus la force de marcher. Je vacillais, ma vue se brouillait peu à peu et je ne parvenais plus à lire les directions sur les panneaux. Où allait-il sans moi ? Alors que nos échantillons qui portaient nos deux mêmes noms devaient faire route vers des laboratoires, il m'abandonnait, il me lâchait la main et j'avais à me tenir sans appui dans le monde. Une feuille au vent sans patronyme. Un enfant sans toit apeuré dans une gare suisse.

Je n'avais même pas eu la force de lui demander où il dormait, alors qu'il promenait sa valise au bras. Avant de monter dans le train pour Paris, prise d'un vertige en regardant les numéros des voies, je dois m'asseoir. Plus de vision, plus de sens dans ce que je lis, je ne projette plus rien sur la face des mots, je suis devenue aveugle dans cette parabole solitaire. Cela ne m'était jamais arrivé de ne plus savoir lire, je suis à nouveau celle qui, petite, vit sans les lettres. Analphabète forcée. Redevenue celle qui doit apprendre au tout début de la vie, grâce aux adultes qui savent, qui aident, qui cheminent à nos côtés et décomposent, pour nous, le réel.

Je me réveille sur une chaise bancale dans une pharmacie suisse, près de l'entrée de la gare. On m'a portée jusque-là, on m'a installée près d'un comptoir, et je tiens dans ma main un verre d'eau.

« Ça va mieux, vous avez repris des couleurs, me dit une femme en blouse blanche.

— Quelle heure est-il ? Je vais rater mon train.

— Reprenez quelques forces pour commencer. Vous pourrez y aller ensuite. Vous avez fait un malaise. Vous étiez blême.

— C'est une crise d'angoisse, recouvrant mes forces, rassemblant les dernières.

— On va prendre votre tension et après je vous laisserai partir.

— Non, il faut vraiment que j'y aille, maintenant. Vous avez un calmant ?

— Sur ordonnance uniquement.

— Attendez, j'ai ça.

— Vous n'en prenez pas plus de deux, c'est entendu ?

— Oui, oui… »

Mais qui pour me contrôler ?

Le train semble m'avoir attendue. Il ne pouvait pas me laisser là.

Je dors, assignée à ma place, grelottant dans mon absence de repère, dans un wagon sans mur et sans sol, gravitant sur un siège, dans un corps sans âge où coule le sang d'un être qui ignore tout de lui-même. Qui surnage, entre deux eaux, attendant de retrouver la surface, plus haut, plus haut.

11.

De retour à Paris, je trouve un appartement vide, quelques bouteilles vides, elles aussi. L'homme avec qui je vis depuis sept ans n'est plus là. Il a déserté. Je m'assois sur notre canapé qui est devenu mon canapé. Il y a trop de canapés dans ma vie. Je regarde mon téléphone, cherchant un signe de lui. Rien.

J'entends la clé dans la serrure. Mais le *bonjour* que je connais si bien balaie mes espoirs de le voir rentrer : c'est la femme de ménage. J'aurais pu ne rien voir, ignorer son départ mais il n'y a plus aucune trace de sa présence. Pourtant, avant mon départ, nous avions fait l'amour avec passion.

À quoi reconnaît-on que l'on est quittée ? Comment l'air que l'on respire change-t-il quand il n'est plus partagé ? Le sol est triste, les tableaux ont été décrochés. Il n'est pas parti il y a longtemps car une tasse laissée sur la table de la cuisine est encore humide, il a bu ce café avant de quitter les lieux. Il a tiré sa révérence sans le dire, sans annoter le vide.

On ne se justifie pas de ne plus aimer, on ne se doit rien, m'a toujours dit mon père.

L'aimais-je encore ? Il est facile de réécrire l'histoire. C'est un danger de se dire que l'on avait vu venir une situation que l'on découvre tout juste. Il a oublié un dernier sac, je fouille dedans, machinalement. Un essai de sciences sociales, quelques caleçons, sales, froissés, une chaussette solitaire et un pull léger.

Il émane de ce reste de lui une odeur que je connais bien, un mélange de vétiver et de renfermé car il partait souvent à la campagne rendre visite à ses parents. Un couple clos sur lui-même, sans amis, vieux par leur esprit corseté et resté figé dans un souvenir d'un monde d'avant nécessairement plus moral, et riche.

Pure illusion avais-je eu de penser que j'aurais pu les faire changer. Ils ne m'aimaient pas, j'étais juive, ils étaient maurassiens, aristocrates, et vivaient sur des terres qui portaient leur nom à particule. Un vieux presbytère qu'ils avaient reçu en héritage. Était-ce pour cela que mon homme avait cédé à l'ordre naturel des choses ? On ne se marie pas avec une juive, dans cette famille-là. Il faut beaucoup d'amour pour passer outre le sentiment de haine que ses parents portent à l'être que l'on aime. Or cet amour-là avait-il jamais existé ailleurs que dans le fantasme d'être plus forts que tout, au-dessus de l'ordre clanique, déraisonnables parce qu'amoureux. L'étions-nous ? Nous le voulions.

Nous nous étions entendus sans nous le dire, sur le fait que notre union relevait de la folie et qu'il fallait dépasser les usages. Un jeune homme de bonne famille attendrie par une petite juive. Mais mon enfant, qui serait juif par ma faute, n'aurait pas pu voir ses grands-parents. Arrachement à ses racines, mauvaise graine qui pousse loin de ses aïeux, de toute une lignée le précédant, coupé de son histoire, rejeté, mettant à mal l'orchestre d'une famille. Seul dans le monde, dans ce champ marmoréen, sans récit familial.

Les familles déchirées se donnent de bonnes raisons pour se haïr, se sentent dans leur bon droit, légitimes dans leur dissolution. Mais que reste-t-il après ? Le souvenir d'une mélodie oubliée par tous, la rancœur que l'on se lègue de génération en génération, les lésions mal refermées qui passent de corps en corps et des tombes que l'on ne visite plus.

Les cimetières sont pleins d'existences non résolues, d'énigmes puissantes.

Les cimetières mentent, ils vivent dans l'ombre de la vérité jamais trouvée. Ils engloutissent ce qui dépasse et ne reste que les mauvaises herbes. Parfois une fleur ment d'exister.

12.

Dans cet appartement sur l'île de la Cité, il n'y a plus que quelques meubles chinés dans une brocante. Je passe de pièce en pièce, et me fais l'effet d'un vieux chat, las, quitté.

Je touche les murs beiges, sans tableau et les imagine pour les faire vivre, mais je n'y arrive pas. Il n'y a plus de formes ni de couleurs, il y a ce beige qui cherche la nuance et n'y parvient pas. J'ai essayé vingt fois de l'appeler cette nuit, je me réveille dans la perte.

Quelqu'un sonne. Je bondis. C'est forcément lui, il se sera ravisé. Mais le courrier glissé sous la porte m'indique que j'ai eu tort d'espérer, c'est la concierge, à qui j'ouvre et que je rappelle depuis le palier.

« Rose, venez, je suis seule, Lenny m'a laissée. Je suis rentrée hier, il n'était plus là. Il ne vous a rien dit ? » d'une voix factuelle, qui ne s'autorise pas à avouer l'intimité du désastre.

« Oh ma pauvre petite, venez là », me dit-elle en me prenant dans ses bras.

Je m'effondre, c'est la première fois que je pleure depuis hier soir.

« Il n'a rien laissé ? demande-t-elle.

— Si, notre lit, une chaise et le canapé. Je crois qu'il a même pris un pull que je lui avais offert mais que je portais, moi. Comment je vais faire Rose ? Sans lui ? Sept ans…

— Venez dans ma loge, je vous fais un thé. »

Mais je n'en ai pas la force, je préfère encore ma solitude. Je souris et referme la porte, puis j'attends, j'attends que quelque chose se passe qui viendrait me sauver. Soudain, mon corps se réveille et m'appelle pour faire taire la douleur.

Je vais retourner voir ce voisin, brun et élancé qui connaît déjà mon corps. Avant le train du doute, j'avais fauté. C'est ce que me fait la jalousie ; quand elle monte comme la sève dans un arbre au printemps, je dois me jeter sur quelqu'un pour survivre. Lenny avait l'œil ouvert sur les femmes, je le regardais en coin et je brûlais de constater que l'on pouvait désirer un autre monde. Alors j'avais vu dans ce voisin un allié qui saurait me venger. J'étais ma propre justicière.

Cette fois je vais prétexter chercher du sel pour me blottir dans ses bras. Mais il est tôt. On ne cherche pas de sel à cette heure-là. Alors plus d'eau chaude, voilà. Je cours dans la salle de bains, me maquille et me parfume. Je quitte l'appartement. Je sonne, mon cœur bat vite, j'ai oublié ma tristesse, ma noyade et l'envie d'en finir. Sans amour, la vie ne m'intéresse pas, la perspective du sexe émousse le vide. Je recouvre le doute, tous les doutes.

Il ouvre, l'air heureux, ou satisfait au moins. Il a des grands yeux de biche, il est animal, j'ai l'impression d'entrer dans un sous-bois. Il porte un pyjama, beige comme nos murs qui sont devenus, en si peu de temps, mes murs et mon pénitencier. Les volets sont encore fermés et une odeur de jeune garçon qui fume la nuit flotte autour de nous.

Je lui prends la main et l'invite, plutôt m'invite dans son lit.

« Lenny est parti, j'ai besoin de toi, en moi, là. Je pensais dire que j'avais un problème d'eau chaude, mais j'ai juste besoin de chaleur, ici, sinon je vais crever », dis-je en montrant mon bas-ventre.

Il ne dit rien. Ses poils semblent avoir poussé dans la nuit. Il s'allonge sur moi, puis il m'embrasse doucement, peu à peu, petit à petit, de tendres baisers depuis mes seins tout juste dénudés par lui, jusqu'au plus bas.

« Oui c'est ça, là », dis-je doucement, tout doucement.

Son odeur ressemble à du savon de poupon. Ses mains sont si douces. Je devine qu'elles savent raccommoder les tissus fragiles. C'est un thaumaturge venu me sauver, un étage plus bas. Je suis descendue dans mon malheur pour trouver mon salut. Nous nous connaissons d'une si douce fois mais déjà la cadence est la bonne, elle sait où nous guider. Sur le terrain des amants qui n'ont pas besoin de mots et qui laissent leurs corps jouer un morceau de musique qu'ils ont désormais en commun. Et ils l'écouteront sans cesse.

La température de la pièce est fraîche, Sacha allume un chauffage d'appoint. Ce sera notre feu imaginaire, notre âtre qui ignore tout du cours du monde, nos bouches collées l'une à l'autre, étouffant tout le reste.

Je suis emportée par la folie intime de ce duel habile. Je me rhabille et je lui dis au revoir, de dos, d'une main qui s'agite lentement. Je ne le regarde pas, j'ai encore du sperme dans ma culotte. À mon étage, j'essaie d'ouvrir la porte, je la trouve close. Je suis à la rue. Et pas de double de clé. Je m'accroupis. Les sanglots trempent mon corps et je pleure comme si je n'avais jamais pleuré. C'est un grand naufrage, biblique, et je crois bien que c'est la fin.

Je me mets à hurler, d'un cri bestial qui dit tout le déchirement d'un être qui n'a plus d'attache, qui se croit sans père, tout juste quitté par l'amour, que personne n'attend, que l'on vient de prendre, et qui a fui de honte. Puis, le noir absolu.

Je vois juste les lumières au-dessus de moi, clignoter, et une sirène inquiétante. Je comprends par images et sons. L'ambulance avance et je suis dedans. Je suis encore allongée, la tête embrumée et je cherche les étoiles dans un ciel sans lune.

13.

Je mets quelques minutes à comprendre où je suis.

« Tu hurlais, tu disais que tu n'étais pas la fille de ton père, que Lenny t'avait abandonnée, que tu avais avalé ta clé. Et que tu voulais sauter par la fenêtre. J'ai demandé de l'aide. On nous a emmenés. Ils vont s'occuper de toi. Je dois partir, j'ai cours. » Sacha m'embrasse, comme un frère l'aurait fait, sur le front, et s'éclipse doucement.

L'ambulancier me tient par le bras. Je ne sais pas s'il veut m'aider ou m'empêcher de partir, de fuir pour aller chercher une réponse, au-delà des frontières, dans un monde qui me dira enfin si je suis la fille de mon père.

Un formulaire tombe du ciel. *Nom de famille*, j'inscris une croix.

Un jeune infirmier se charge de me guider et me demande d'enlever mes lacets. Et puis, il inspecte mon sac.

« Une chambre s'est libérée. Aucun objet tranchant. Pas de nourriture dans la chambre. Pas de médicaments. Vous récupérerez vos lacets lorsque vous serez autorisée à sortir. Est-ce que vous avez un briquet ? Quand vous aurez vos affaires, il faudra laisser votre coupe-ongles dans votre casier. »

Dans ma chambre, la porte de la salle de bain ne possède pas de verrou. On doit pouvoir y entrer à tout moment. Il n'y a pas de pommeau de douche, pas de tuyau, l'eau sort directement du plafond lorsque l'on actionne un bouton sur la paroi. Les tuyaux sont proscrits, on peut y enrouler sa gorge pour la faire taire.

« Petit-déjeuner, 6 h 30. Déjeuner, midi. Dîner, 19 h. Interdit de rester en pyjama. Douche avant le petit-déjeuner. »

Cette énumération, amas de ferraille, me renvoie à ce combat que je ne veux pas mener. Sur la porte de ma chambre, je lis le chiffre « 3 ». Ma tristesse a désormais un numéro.

14.

Personne ne sait où je me trouve sinon Sacha. Personne ne sait que je dérive. Deux de mes repères les plus intimes ont déserté. Mon père est resté avec sa valise du doute, Lenny a choisi les adieux tus.

Je ne mange plus rien depuis le jour du canapé, rien du tout. Je m'émacie, mes os sont des saillies qui s'enfuient de mon corps. Ma chair ne peut être dépeinte, elle s'est caletée. Je suis dépouillée, comme les *écorchés*, ces illustrations anatomiques où la peau est éludée, absente, retirée pour mieux figurer l'humain sans sa protection, sans son enveloppe. On y montre l'intérieur, les muscles, les tissus, les articulations, depuis un XVIIe siècle où l'on scrute la vie souterraine.

Je suis ce pantin sans jonction, rivière incertaine de sang et d'os. Où est le cartilage, le collagène, cette survivance du temps où nous étions algues puis poissons ?

« On va faire une batterie de tests. Cela prendra une demi-journée. Demain matin, soyez à jeun. »

15.

Je pose mes yeux, plus bas, sur un tapis de fleurs, semblant de bonheur résiduel, artefact coloré planté par l'homme pour l'homme qui chante une mélodie du simulacre. Mais il n'y a pas suffisamment de pluie ces jours-ci et les fleurs fanent, jaunissent et tombent vers le sol, gravité qui fend le cœur, qui contredit les plus beaux poèmes. L'ode à la vie se noye si vite.

« Sacha, je ne pourrai pas te recevoir demain. Un autre jour, peut-être. »

Que fait-on pour attirer un corps quand le sien a disparu ? A-t-on envie d'une malade, de son tissu de drame intérieur ?

J'avais l'espoir qu'il monte sur la scène pendant ma tragédie et qu'il s'élance vers moi en me disant que rien ne l'arrête, surtout pas ma faiblesse, qu'il est là pour moi, qu'il m'attendra. Mais c'est illusoire de croire que l'on puisse être aimée, si laide, si blanche.

16.

Sacha ne répond pas. Mon père non plus. Lenny ne m'a jamais rappelée. Les hommes me quittent. Ils ont créé un désert où l'on me fait des croche-pieds, et je tombe dans le sable, sec, pâteux, infernal. Je ne suis qu'une fille qui attend les garçons.

Mon téléphone vibre, Sacha.

« Fais-moi signe quand tu sors, je serai là. Debout, vivant, mon corps te demande. »

Je tremble d'avoir lu ses mots, je le savais, nos moments dans son lit l'avaient marqué tout comme moi. J'y ai souvent repensé. Tout le temps, ils avaient pris toute la place et je confiais tous mes espoirs de guérison à ce temps qui avait été le nôtre. Et lorsque les réminiscences d'une scène occupent le premier champ de notre esprit, alors on sait, on en a la conviction, que d'amour, il s'agit.

Puis, rêver. Et que viennent les mots, au-delà des paupières. Les images refluent, remontent à la surface, les yeux fermés vers l'autre. Nous ne sommes plus seuls, dans ce temps à deux, justification de toute notre existence. Et alors, seulement, nous pouvons commencer à vivre.

Sacha, que je connaissais si peu, était devenu un paravent à ma folie, il était là le matin, puis se glissait dans ma journée par touches, pour ne jamais en sortir, et la nuit, il était encore là, debout, me regardant de ses yeux francs qui promettent l'immortalité.

Et un nouveau message me permet de croire que je survivrai à ma propre mort : « Je viendrai te chercher. Tu me manques. »

J'ai envie de me ruer sur du pain, du gras, du sucre. Il faut que je me remplume, que je grossisse vite, quelques jours pas plus, pour être autorisée à sortir d'ici. Le désir est tel que je pourrais oublier de m'habiller et courir le rejoindre.

D'où vient que le temps soit un allié ou un adversaire ? Nous sommes les mêmes et pourtant nous vivons les secondes en tenailles ou en apothéose. Amoureux, nous mourrons moins.

Je me souviens de la rapidité avec laquelle il m'avait pénétrée, la deuxième fois, aussitôt allongée, sur le dos, les jambes écartées, et son sexe était entré dans cette montagne sacrée, sa tête tout près de ma tête, son cœur tout près de mon cœur, son souffle court, pris par l'avidité. Il fallait que je le voie.

Pourtant mon obsession n'a pas de visage. Je ne connais de lui que son allure croisée dans l'escalier. Le souvenir que j'ai de lui est celui que sa vision provoque en moi. Je guettais ses bruits, ses départs. Je m'inventais des rendez-vous pour le croiser dans l'ascenseur. J'étais réglée par le bruit de son verrou, par ses pas, par cette fleur odoriférante qu'il était devenu et qui laisse dans son sillage un souvenir sacré. Parfois je m'habillais pour lui. Infidèle en pensées à Lenny, coutumière de ces fantasmes, cherchant un ailleurs, un à côté qui me permette de ne pas m'enliser sur le vrai continent. Est-ce que tout le monde fonctionne comme cela ? À s'inventer des lits imaginaires, des conversations avec d'autres hommes, des baisers entre deux portes, des étreintes passionnées, plus passionnées que les vraies parce qu'impossibles, irréelles et interdites.

Je ne réponds pas à Sacha. Il faut faire patienter le guetteur, lui tourner le dos, un peu, juste un peu, pour qu'il ne reste que sur la vision de la nuque d'une fille qui s'éloigne, qu'il embarque sur une bélandre imaginaire, qui n'est autre que le lieu du fantasme, là, à côté du vrai monde. Dans le silence, cette matière faite neige, le vrai silence, irrésolution et suspension parfaite où se logent les inclinations inavouables.

17.

Demain je quitterai les lieux, ou me sauverai. Tout cela n'avait été qu'un trompe-l'œil. Mes envies sont revenues en même temps que l'amour. Les brouissures se sont évaporées. Il fallait sans doute passer par elles mais elles ne me sont plus nécessaires. Et quand la peine cesse, que le corps reprend force et que les joues roses sont à nouveau signe de vie, on oublie avoir eu mal, on oublie que l'on avait perdu goût au jeu humain.

Le docteur a l'air grave, sa blouse est un peu sale, sur l'épaule.

« Le bilan est bon mais vous êtes enceinte », prononce-t-il très calmement, en s'époussetant d'avoir vu mon regard insistant se poser sur son épaule.

« C'est parti, votre tache est partie docteur. »

Et comme dans un film qui fait défiler l'analepse et rambobine, je vois alors mon corps donné à Lenny avant qu'il ne parte de notre appartement, et ce même corps saisi par Sacha, quelques jours plus tard, protégés que nous croyions être par des rideaux encore fermés, et je ne sais pas, je ne sais pas, qui pourrait être le père. Au moment où je pensais me donner la mort, la vie battait sous moi, il n'y avait pas plus grand que cette bataille-là. Victoire du plus fort, ce nouveau cœur.

« Je ne sais pas qui est le père, je ne veux pas le garder. Je veux sortir d'ici.

— On ne procède pas aux avortements dans l'enceinte de cet hôpital. Vous avez encore le temps, vous êtes au début. »

18.

Seule, je ne peux pas. Je ne suis pas assez forte pour le garder. Je ne saurai pas le prendre dans mes bras sans avoir peur de lui faire violence. Je le regarderai, posé dans un coin, là-bas, là où il n'y a pas de couleur sur les murs parce que je n'aurais pas eu le coup de pinceau vital pour l'accueillir dans une chambre colorée.

Il serait seul, si mal accompagné, sans tuteur. Alors, il faut arrêter, arrêter de le laisser grandir.

J'étais au cœur de la matrice, à l'épicentre de ma névrose. J'avais reproduit. J'étais devenue ma mère. J'étais à mon tour celle qui doute. Je portais l'enfant, à mon tour, de l'un ou de l'autre, impossible de trancher, j'étais celle qui devient folle d'enfanter. Celle qui dit « Je ne sais pas de qui tu es ». Cette phrase prononcée par ma mère vingt ans plus tôt, ma voix en était aujourd'hui le ricochet. Sur la surface de l'eau, il court ce galet de la langue connue, il s'en va vers le large et lorsqu'il tombe, définitivement, il engloutit la vérité avec lui. D'un coup d'un seul, dans les abysses, vers les monstres marins, il est là avec son poids de l'histoire, seul à savoir, mais déjà, il échappe à la vue, et à la connaissance. Alors le mensonge se tisse autour du vide qu'il a laissé sur son passage. Qu'y avait-il eu, au tout début ? La mère, l'origine du clair-obscur, de l'incroyance.

« Laissez-moi sortir, il faut que je sorte. »

La peur au ventre de finir au bagne de ma grossesse.

19.

La nuit est lente et s'entête, le jour ne vient pas. Je suis assujettie à un espace alors que mon esprit réclame le vrai air, celui qui circule dans la capitale, tout là-bas. Cette capitale qui me manque comme un être de ma famille mort quelques jours plus tôt. Le manque est devenu une gomme qui efface ce que j'ai pu y vivre, et seules quelques arêtes sortent de la brouée et je me souviens alors de ce que j'y ai laissé. Je me souviens que je vivais.

Je me souviens de mon premier baiser. Il a fallu s'y jeter à ce cou comme dans l'eau froide. Mettre la langue dans la bouche d'un autre dans cet appel d'air qu'est l'amour. Je n'embrassais pas un homme mais tous les hommes que j'avais voulus, il était devenu aussi petit que sa bouche et aussi grand que mes rêves. Et l'on met tout en commun dans cet acte, on décide de ne plus parler, on éteint les mots, ensemble, et ensuite on se touche d'une même viscosité râpeuse et pourtant si bonne. J'aurais pu le manger, cet organe divin, je me souviens de son goût et de la couleur que mon imagination lui avait soudain prêtée, un rouge éclatant aussi vif qu'une idée fulgurante, une fraise, longtemps restée mystérieuse et interdite, sur ce chemin que j'avais enfin pris.

Si j'étais une fille heureuse, je voudrais vivre plusieurs vies, rien que pour connaître à nouveau ces premières fois.

Le petit matin me prend par la main et le soleil, tout frais, neuf comme un nourrisson, orangé et sublime, fait son apparition en même temps que le docteur.

« Alors on m'a dit que vous étiez prête à décamper ! C'est bon signe, je n'y vois pas d'objection. Vous avez un suivi gynécologique en ville ? » Il est entré, sans frapper.

Je réponds de la tête, mon sourire entier prend tout le bas de mon visage et m'empêche de parler. Il pose sa main sur ma main, ce que j'imagine être interdit, mais il s'autorise cette liberté et bien que cela me surprenne, cela ne me dérange pas. Tout ce qui peut me faire penser à la présence rassurante d'un homme me plaît, j'en tire un vrai plaisir, de celui, pur, qui dépasse toute contrariété, qui fait passer les petits drames, les pleurs passagers. Et sa main est chaude.

« Votre pouls est bon. »

Je suis déçue, presque blessée d'avoir cru à un vrai geste, à la bonté au bout des doigts. Mais il a d'autres patients à aller voir, il quitte la pièce, me laisse, affaiblie par la sécheresse protocolaire, sur mon lit. J'étais prête à être recrachée dehors. Mais étais-je prête à établir mon camp de base dans le vrai monde ? Se doucher. Se faire à manger. Se mettre au lit. Prendre des rendez-vous. Travailler. Vivre sans autre raison que de vivre, y étais-je prête vraiment ?

Je suis face à cette ligne du temps qui coule sans autre but que de couler. Et plus loin, il y a le fleuve, plus grand, dans lequel il faudra se jeter. Je n'ai jamais accepté le contrat de vivre, je n'ai pas signé en bas à droite. La feuille est volante, rattachée à rien, l'acte de naissance est un acte de détresse, le nom est peut-être erroné, et je me tiens au pied de l'arbre paternel qui a si mal poussé.

20.

J'ai regardé une dernière fois ma couche, ma chambre, la fenêtre qui m'avait tant promis, les toilettes et la douche sans pommeau. J'ai refermé la porte sur ces jours passés adossée à l'épouvante. Et maintenant il faut choisir son camp, être une ombre errante de passage, ou choisir de se battre. Je suis face à ce dilemme crucial, du latin *crux*, la croix, aller à droite ou à gauche, ne pas se perdre entre les deux.

Dans la rue retrouvée, les bruits sont un orchestre aussi beau que monstrueux. Je rejoins la mêlée. L'hiver est là, je n'ai pas de bonnet. Je range mes mains dans mon manteau, pas de gants non plus. Je sors d'une chambre devenue crâne, il faisait sombre dans le ventre de la maladie, les lampes à huile manquaient, il fallait s'inventer une source lumineuse, la force en soi, la ressource, si discrète, presque absente, et tirer le fil jusqu'à la mère nourricière et le père présumé. Se relever, tête haute pourtant si lourde d'avoir pris tant de cachets, gavée mais sauvée.

Mes yeux plissent mon front, encadré par mes cheveux glacés. Je ne sais pas ce qu'être heureuse veut dire, je ne l'ai jamais été, mais je veux être poussée par le vent, à petites foulées et acheter une baguette comme tout le monde car il est encore tôt.

21.

De retour dans mon quartier, je tiens fort ma clé dans la main droite. Je me fais mal tant je la serre. J'ai peur de la perdre, alors je serre encore. C'est un pilier, il y a une forteresse dans ma poche, je le tiens mon habitat. Et Sacha sera là. Cette grande promesse, ce coin chaud où l'on renonce aux autres. Ils ne comprendraient pas, les autres, ce qui nous arrive, ils n'ont pas les yeux savants pour décrypter notre vie secrète à travers la serrure.

Sur le palier, un paquet, lourd, que j'ai peine à soulever, devant ma porte. Je déchire le papier cadeau qui est à vrai dire un journal sur lequel je relève la date pour savoir quel jour on me l'a déposé. C'était hier. Hier que l'on a fait pousser sur mon paillasson un bloc compact et épais. C'est une brique. Et dans cette brique est incrusté un trèfle à quatre feuilles séché. Cela ne peut venir que de lui. Ce voisin qui sait tout et à qui j'avais dit que je traversais la rue pour échapper aux immeubles en brique depuis celles de l'hôpital suisse. Ce voisin qui dit tout en un seul objet déposé à mes pieds. Ce garçon trop jeune pour être père surtout si l'enfant n'est pas de lui.

Je descends quatre à quatre les marches qui me séparent de lui. Je sonne. Personne. Je m'assois par terre et j'attends, ma brique entre les bras, bien serrée contre moi. Le trèfle est fragile et un peu abîmé, on dirait qu'il a voyagé, où a-t-il poussé ? Et comment Sacha avait-il trouvé cette rareté superstitieuse d'un temps qui croit que le bonheur se porte ? J'ai toujours trouvé des trèfles à trois feuilles, je jalousais ma grand-mère maternelle qui était un as pour trouver les bons et les compilait pour les faire sécher dans les livres. Herbiers émouvants que ma mère a gardés dans un coffre, fermé, avec un code. Il y avait désormais dans sa maison un code pour accéder au bonheur, je n'ai pas ce code, je ne l'ai jamais demandé. Un jour je le ferai car il y a aussi mes dents de lait, et mon bracelet de naissance.

Je suis née un matin de novembre, à 6 h 40 et mon père quand il m'a vue, avec mes cheveux si noirs, a dit que j'étais chinoise. J'étais sa petite Chinoise. Avec des yeux en amande, suffisamment pour qu'il pense que je n'étais pas d'ici. Derrière cette comparaison il y avait autre chose : la certitude que j'étais de cet ailleurs qui n'était pas de lui. La certitude ou la croyance d'être tombé nez à nez avec une étrangère.

Alors il a pris cette petite inconnue dans ses grands bras et je crois me souvenir de ce premier contact avec son polo de couleur verte, ou alors je ne fais que me rappeler cette première photographie familiale qui a pris place dans un album posé à côté d'autres albums plus anciens. Je regarde souvent ces images, et je m'expose à beaucoup d'émotions quand mon regard se porte sur ce cliché du polo vert et de ma tête de Chinoise. Tout s'est joué ici, dans cette maternité des beaux quartiers, le soleil ne s'était pas levé mais l'histoire avait commencé. Il m'avait embrassée, il m'avait portée, il avait posé sa main chaude sur mon crâne en faisant attention à ne pas appuyer sur ma fontanelle. Cette partie si molle, en haut de la tête parce que les os ne sont pas encore formés. Et il avait dit à ma mère que j'étais sa fille, malgré tout. Malgré. C'est ce mot que mon enfance a entendu, cette note de musique reconnaissable entre toutes, ce mot-note qui m'a accompagnée sans même que je l'entende, cette sonorité fondatrice qui a fait que le jour du canapé, lorsqu'il a prononcé la phrase, j'ai renoué et reconnu cette mélodie. L'air avait été joué mille fois.

Sacha est là, devant moi et son air de gamin content de la surprise qu'il m'a faite me transperce le cœur. Il me tend la main pour m'aider à me relever, c'est ce qu'il fait, cet homme avec moi, il me relève.

22.

Et la course commence, à qui se déshabillera le plus vite, qui sera le premier à être nu dans la pièce qui sent encore le café du matin. Celui qui gagne a le droit de sauter sur l'autre. De si peu de lexie ont besoin les amants. Ce sont leurs corps qui profèrent l'énoncé du monde. Ces corps qui se sont connus dans une autre vie, qui ont appris leurs gestes avant leur naissance et qui se retrouvent enfin.

Et soudain, alors qu'il glisse sa main sur le bas de mon ventre, je me souviens. Je ne suis pas seule. Il est peut-être de lui. Je ne sais pas. Lui dire. Mais quoi. Que je n'ai pas eu mes règles. Lui expliquer que j'avais eu un rapport sexuel dans ma dernière nuit d'amour avec Lenny, avant lui, alors il est peut-être de lui. Peut-être de l'autre, c'est confus. Ma mère dans mes mots, à l'infini. Mon père, son drame, sa question. Je suis une Chinoise qui répète l'histoire. Alors je lui ôte la main, la lui prends, la porte à ma bouche et je brise en mille morceaux le silence.

« Je suis enceinte, mais je ne sais pas de qui est l'enfant. »

Je prends la fuite, j'accélère, je n'attends aucune réponse, je quitte les lieux. Il n'y a aucune porte qui puisse se refermer sur ce scandale, cette insulte au rationnel, et cette histoire qui se réécrit malgré moi. L'ai-je provoquée pour sortir de la folie ? Les deux nuits, les deux hommes, les sexes qui s'absorbent, la jouissance dans la démence d'une histoire centenaire et sempiternelle. Sacha crie mon nom, mais je n'en ai plus. Cette fois, je soulève le paillasson, arrivée devant ma porte, car c'est là que Rose loge le courrier, et sur l'enveloppe en kraft, froissée par le voyage, il y a un tampon dont l'encre est un peu effacée mais sur laquelle je peux lire « CHU de Lausanne ».

23.

La porte de mon appartement est ouverte. Je la referme, machinalement, de ces gestes qui ne demandent aucune volonté, mais cette porte n'a pas pu s'ouvrir seule.

Et, soudain, mon regard se porte sur la lucarne dans les toilettes, elle aussi ouverte et des traces charbonneuses de chaussures maquillent les murs. Quelqu'un est venu. Je ne sais pas qui il est, un inconnu dont je ne me figure rien, a fait effraction. L'homme, car j'imagine que c'est un homme, s'est fait araignée. J'ai eu peur toute ma vie qu'il m'arrive ce qui est en train de m'arriver et pourtant c'est différent de ce que j'avais imaginé. On a toujours une longueur de retard sur le réel. Les projections que l'on s'en fait en l'enrobant d'images impossibles sont fausses. Il est inutile de prévoir, dangereux aussi. Il faut attendre de vivre pour savoir ce que vivre est.

À huit ans, j'en ai un souvenir si net qu'il semble venir du présent, j'entends un bruit dans la serrure de l'appartement familial, je sursaute et jamais je n'ai eu tant de frayeur que quelqu'un viole notre intérieur. C'était la caractérisation de l'ennemi. C'était, peut-être, celui qui serait le témoin de nos vies. Et étaient-elles présentables ces vies qui étaient les nôtres ? La peur, sans doute, que l'on regarde ce qui se jouait là, que l'on pénètre notre salon aux fauteuils bourgeois sur lesquels le confort était parfois métallique, que l'on voie l'asphyxie, la dysfonction, que l'on sache, tout simplement.

Alors j'avais prévenu ma mère qui était au téléphone, et j'avais crié « il y a quelqu'un ». Elle avait appelé la police, ils étaient venus et m'avaient demandé ce que j'avais vu. J'ai menti. Je n'avais vu personne mais ma peur avait personnifié un être. J'ai ouvert la fenêtre et montré au loin, « Il est là-bas, l'homme en vert ». Je n'avais pas mis mes lunettes et j'avais désigné une poubelle. Les policiers sont partis, me laissant baigner dans ma honte. J'étais celle qui avait alerté à tort. Celle qui criait d'avoir vu un spectre qui saurait tout. Mais le témoin n'existait pas. Personne ne voyait, personne.

Je veux laisser derrière moi l'intrusion. Je saute dans un bus, je n'ai pas de point de chute et je me laisse aller à une trajectoire que j'ignore. Et c'est devant la porte de mon père que j'atterris. Je sonne, il est là.

Il ne paraît pas étonné, pourtant il est encore tôt et nous n'avons pas rendez-vous. Sa tête est encore fripée de son lit tout juste délaissé. Il porte ses rêves au visage et n'a pas encore pris de café, je le vois à son peignoir à peine enfilé, comme un enfant qui ne sait pas s'habiller seul.

« Que se passe-t-il ? me demande-t-il d'une petite voix.

— J'ai été cambriolée, je suis partie, dis-je en ôtant mon manteau.

— Je te fais un café, viens. »

Chez lui, depuis qu'il habite seul, je me sens entre deux continents. L'un rassurant, car dans ses bras le mal devient lointain, et ses mains qui entourent mon visage sont un bouclier sans faille. C'est le seul consolateur, le vrai. L'autre continent, inquiétant, car partout où je mets les pieds, j'ai peur du faux pas. Et quels mots utiliser, de cela je me méfie, ils pourraient semer les éclats, réveiller les absents. Je dois régir ma pensée, la dompter pour ne rien provoquer.

J'ai deux âges en sa présence. Je suis partagée, physiquement. Sur une ligne de crête. Je peux faire une chute fatale ou, au contraire, continuer sur l'autre versant si je ne me trompe pas de langue. Je peux marcher sur ce sentier, éternellement, ou m'opposer, en adulte, à mon père et perdre sa lumière.

Qu'est-ce l'amour d'un père s'il peut s'interrompre brusquement ? Alors quand je suis avec lui, j'ai parfois mal au ventre, de ces douleurs qui lancent depuis le passé, qui n'ont jamais fini de me poursuivre. Retenue par des ligaments qui composent l'ancien temps, et qui font de mon existence une trappe derrière laquelle je me terre. Je méprise ma complaisance, ma trop grande écoute à mon égard, je prête trop l'oreille à ma colère, je voudrais être plus forte que les souvenirs, me tenir en femme reconstruite, mais je ne trouve pas les os sûrs et ma maison s'effondre comme dans un film de Buster Keaton.

Je m'englue, je suis eau absorbée par le sable, piégée, incapable d'entendre qu'à bas bruit, il reste de l'amour après les cris. Pourquoi ne pas avoir le recul pour pardonner, pourquoi ne pas enlever une à une les épines pour ne garder que le bois pur, pourquoi rester claquemurée dans d'insondables mortifications infantiles ? Je voudrais dire au revoir à l'être frêle qui crie la nuit son dénuement et lui dire que son père l'aime comme un forcené. Et que s'il lui a demandé de faire ce test de paternité c'était sans doute la plus grande preuve d'amour qu'il pouvait lui faire. La plus grande, et la plus belle.

« Il ne t'a rien volé ? demande-t-il en me servant une tasse.

— Non, je ne crois pas, mais je suis partie très vite. Je verrai en rentrant tout à l'heure. Mais j'ai peur d'y retourner. Et s'il revient. »

Mon père ne répond pas.

Comme tous les matins, il va nager. Je veux y aller avec lui. Et comme si ma vie en dépendait, je cours chez Décathlon. J'ai même oublié que j'avais été cambriolée, que je suis enceinte et qu'il faudrait en faire une priorité, aller au commissariat, main courante, on a marché sur ma terre. Et puis, aussi, je dois avorter.

24.

Nous sommes les premiers devant la piscine municipale. C'est un bâtiment en briques rouges, pas les mêmes que celles du CHU, pourtant elles me tendent le miroir du souvenir. Je ne peux pas prendre un train sans sentir le fracas sous mes os. Je ne peux pas regarder des briques sans que mes neurones ne soient foudroyés. Mon monde se résume à des briques et des trains hantés.

Comme dans une histoire d'amour où l'on tombe nez à nez avec les réminiscences de l'être aimé, cela peut faire mal. Les objets et les choses nous renvoient à des moments vécus, au-delà du temps commun, que l'on interprète comme des signes. André Breton l'a dit merveilleusement à Simone, la femme qu'il aimait, « Je vous ai reconnue dans une pierre ». On peut voir l'amant dans une feuille automnale et jaunie qui se pose avec lenteur au sol, dans une église qui seule a vu nos baisers de fougue et de langue, dans une brasserie sur les quais de Seine qui a connu notre passage heureux, dans un bosquet de Versailles qui a accueilli notre jouissance, dans une couverture laissée chaude par nos deux corps qui volent au monde un peu de sa beauté pour s'en draper.

Je vois le monde ainsi, dans ces restes en moi. Mon corps est compartimenté de ces bribes mémorielles, chaque objet y occupe une place. Et à gauche, tout près du cœur, il y a les objets trouvés.

Les briques et les trains se sont transformés en jambes, en bras, ossature sacrée, symbolique, persistante. Je suis faite de ces rebuts ancrés, de ces bibelots posés sur l'étagère de ma conscience où tout est encore en désordre. Et quand je pose ma main sur mes côtes, elles me disent tout de ce que j'ai vécu, c'est une commémoration silencieuse mais réelle, remembrance et témoin de ce qui me fabrique. De ces lots habités, de ces blocs substantiels qui font que l'on a un passé.

J'ai donc acheté dans l'urgence un maillot. Il est rouge et je ne l'ai pas essayé. Dans le vestiaire, je me rends compte qu'il est trop petit, acte manqué qui me rejette dans l'enfance. Je n'ai plus ce corps qui n'a pas de poitrine, pourtant, la taille choisie, je le découvre, est du douze ans. J'ai même oublié si je l'ai payé ce maillot. Il s'est retrouvé dans mon sac, petit bout de vêtement rouge, visqueux et sec, on dirait une tache de sang.

J'ai le choix, je repars ou je le porte en l'état. Ma peau découverte est beige, nue, visible et exposée, bientôt dans l'eau, cachée par le liquide déformant. Je plonge.

Et dans ce saut, je me découvre téméraire, je trouve une force que je ne me connais pas. Mais c'est qu'il est là, mon père, dans le grand bain, avec son masque qui lui donne un air d'enfant et ses bonnes joues que je veux embrasser sans le pouvoir. Je veux le rejoindre et je ressens une hâte de faire mon baptême de plongée. On a plaisanté lui et moi de la symbolique. Le père et la fille dans la même eau, adoubés par le même dieu. Mais il n'y a pas de prêtre dans le bassin. Peut-être pourrions-nous demander au maître-nageur de poser sa main sur nos fronts, je l'ai proposé à mon père. Il a ri. D'un rire tranquille face à une bonne idée.

Il a apporté sa combinaison de plongée, elle est à sa taille. Nouvelle peau, plus dodue, plus compacte, et en sortent deux jambes très musclées. Il me tend un néoprène, cette fois trop grand pour moi. J'hésite à enlever mon maillot pour y flotter nue, mais l'idée me gêne. Je replonge.

Mon père m'aide à installer les bouteilles dans mon dos. Lui, les a déjà sur les épaules. Il sait les gestes, c'est un plongeur. Il a même failli mourir en mer, trop d'eau dans les poumons, un ami lui a fait un massage cardiaque et il est revenu à lui. Mon père n'est pas mort.

De quoi mourra-t-il ? Cette pensée m'obsède. Et cette nuit, j'ai perdu pied à l'imaginer mort, à vide, privé d'air, fini. C'était la première fois que je rêvais qu'il était mort alors qu'il est vivant. Cette nuit, il n'était plus là. Ou plutôt, il était là d'une autre façon. On m'apprenait sa mort, je ne sais plus qui me le disait, mais je savais qu'il n'existait plus, qu'il ne reviendrait jamais, que désormais son souffle se taisait. Et pourtant, je le voyais, je le montrais même au fils que je n'ai pas, dans la pièce, tout près de nous. Il était de dos et je demandais à ce fils imaginaire, « Tu vois papy ? », ce à quoi il me répondait « Non », d'un non sec qui signe l'arrêt du rêve. Je me suis réveillée, trempée, face à une réalité que je n'avais jamais vue car jamais imaginée. Je me suis toujours dit que je partirai la première, c'est pour cela que je fume beaucoup. Je ne veux pas me retrouver avec des deuils à porter, c'est pour les autres le manque et la tristesse éperdue des habits noirs. Moi je préfère fumer. Je compte les mégots, et avant de me rendre à la piscine de briques rouges, j'en ai déjà fumé sept. Sept cigarettes qui me promettent le départ premier. Celui qui me garantit que je n'éprouverai pas cette vie sans lui. Alors je fume, je fume encore jusqu'à l'extinction de mon espèce fragile, cette lignée qui ne laissera pas d'enfant derrière elle si je termine ma course sans la finir. Fumer est ma promesse, faite à moi-même. Et personne ne le sait, personne. J'en tire un réconfort.

Perdre mon père, ce serait me tourner vers le vide et tomber du lit. Ce serait mourir de ne pas être morte avant lui, la première, dans cette cave éternelle et froide sur laquelle on vient jeter des poignées de terre, sèche, aussi sèche que ce non sec que prononça ce fils sans visage, ce matin, dans mon rêve, non je ne vois pas papy, il est mort.

Et dans le grand bain, il détaille les gestes. D'abord, sentir que l'on peut flotter. Regarder le plafond carrelé, fixer un point, et étendre son corps à l'horizontale. Se retourner, immerger sa tête, s'emparer de l'embout qui prodigue de l'air et s'enfoncer plus bas. Il me prend les deux mains et nous flottons comme un seul être. Un être à quatre jambes et deux cœurs. Jamais je ne me suis sentie autant en confiance, jamais je n'ai éprouvé ainsi le lien à mon père au-delà de la pureté. Nos mains sont un peu fraîches mais elles se réchauffent d'amour. C'est du feu, sous l'eau. Je vois ses yeux que le masque rend petits, billes qui me regardent fixement pour m'accompagner, vérifier que je respire bien, calmement. Car il ne faut pas paniquer, pas vouloir remonter, et surtout pas trop vite. Sinon, trop d'azote, chimie dangereuse, et si l'on saute un palier de décompression, on risque de priver le cerveau d'oxygène.

Nous nous regardons, c'est un mariage des yeux. C'est la première fois que je me sens couverte par tant d'appui. S'il me lâche la main, je repense aux briques et au train du doute. Main dans la main, je suis enfin complète.

Et je repense alors à cette même main qu'il avait posée sur mon épaule, tôt, avant la venue du soleil, dans un monde encore naissant, vision noire où la mer se fond dans le ciel. Nous étions en Andalousie. Alors que j'arrosais les plantes, c'était l'été dernier, avant le divorce, avant le duel, ma mère dormait encore, fatiguée des cris qu'elle avait reçus comme des coups, mon père s'était glissé dans la pénombre de ce jardin exotique. Il s'était avancé vers moi et m'avait dit dans la diaprure du petit matin « Je t'aime ». Alors, j'avais regardé les plantes et je m'étais confondue en elles, je poussais, moi aussi. Ses mots, je ne les avais jamais entendus avant. Ou pas su les entendre. Et s'ils ne sont pas prononcés, je veux dire, vraiment proférés, ils manquent pour la vie et on les cherche ailleurs, dans nos histoires d'amour qui ont le rôle de combler ce qui a fait défaut. Pauvres hommes qui doivent réparer, colmater, reboucher les trous. Ce sont des maçons ces amoureux, des bûcherons, on leur demande le ciel sans même le formuler. Lorsque l'on attend un mot d'eux, un geste, une attention, c'est le parent que l'on réclame à travers leur enveloppe ignorante. Ils ne savent rien mais on leur quémande ce qui n'a pas eu lieu sous notre crâne d'enfant. Sans rien dire, j'ai appelé le père en eux, c'est injuste. Cruel, maladroit et faux. Je me suis toujours trompée, je le compris ce matin-là.

Ce n'était pas à mes amants de bricoler le mécanisme déraillé, ce n'était pas à eux de se pencher sur mon berceau parce que je ne trouvais pas le sommeil. Ce n'était pas à eux, d'affirmer l'inconditionnalité, pas à eux non plus de se tenir à mes côtés coûte que coûte, vaille que vaille.

Il faut distinguer le père de l'amant comme on distingue l'œuvre de l'artiste. Sinon le scénario est truqué dès le départ, et le destinataire, pas le bon.

Pourquoi me l'avait-il dit ce matin-là ? Je t'aime. Je n'avais pas osé lui demander pour ne pas gâcher ce moment. Mais je crois que je sais. La veille, dans l'aéroport de Séville, il m'avait dit quelque chose que je n'avais pas immédiatement compris. « C'est toi qui m'as fait père. » Je n'avais pas répondu. Je lui avais juste pris la main.

J'avais continué à déverser de l'eau, un mince filet, sur les roses, les magnolias, les arbustes andalous tandis que le soleil faisait son apparition, discret et tranquille sur la scène du monde, et jamais je n'avais vu si belle chose. L'union de la nature avec mon âme, celle qui m'autorisait à vivre sous cette voûte, si vaste, les pieds dans l'herbe tout juste tiédie, des gouttes sur les orteils et les yeux enfin prêts à regarder l'éternité.

Le baptême est fini, il a eu lieu. L'eau était tiède, semblable au liquide amniotique, j'ai encore le souvenir persistant de la main de mon père dans la mienne, nous avions mille doigts. Dans la douche, dans cette piscine municipale dont les bruits résonnent, je le regarde, il m'émeut, et du bout des lèvres, je prononce ces mots comme dans une cathédrale :

« Toi aussi tu as dû recevoir l'enveloppe. Je ne veux pas l'ouvrir papa. »

II

1.

C'était en demi-teinte plus haut dans les nuages, peu de couleur dans le ciel devenu ce coussin mou et terreux. J'ai entendu un fusible sauter, et puis la journée s'est tue.

Mon père me rend peu visite, mais il est là, dans mon salon. Il est central dans ma vie, mais souvent absent, en personne. Lorsqu'il se tient, en pilier entre mes murs, je suis comme au musée, il est au milieu, je le regarde comme la plus belle et émouvante des statues. Il vient d'un autre monde. De celui des hommes qui se sont faits seuls. L'homme qui s'érige en arbre solitaire. Qui devient une chose sacrée pour sa fille car il existe. Il sait compter, penser, raisonner, mais il ne sait pas vivre. Avec les autres, à leurs côtés. Un jour il m'avait dit qu'il n'avait pas le mode d'emploi.

Il est silencieux la plupart du temps, mais il aime parler. Et les chapelets de sens forment des idées qui m'ont beaucoup apporté, qui m'ont faite. Le savoir, la connaissance, comme un point final à son enfance massacrée, les livres comme un privilège que n'avaient pas eu les siens. Il est un primo-intellectuel. Il est de ces enfants qui n'ont pas su ce qu'une bibliothèque veut dire, il n'en a jamais vu chez lui. De ces enfants intelligents qui deviennent des puits de science sans l'aide de leurs aînés. Parce que leurs parents à eux n'avaient rien, absolument rien. Pas même une salle de bains pour laver leurs pieds quand on rentre du labeur, les bottes remplies de papier journal pour que les orteils ne gèlent pas. Rien, seul un lit par tête et le même air, irrespirable, invivable. Et sa honte d'enfant est devenue la mienne. De pièce en pièce. C'est contagieux, ces choses-là.

Longtemps j'ai eu honte d'avoir à partager ma chambre avec mes sœurs. C'est idiot. Nous étions quatre dans la même chambre. Dans un grand appartement, pourtant. Mais il n'y avait que deux chambres, petites. On y avait mis les quatre enfants. J'ai souvent voulu que l'on déménage, je voulais avoir ma chambre. Je me disputais avec mes parents sur ce sujet-là. Mais eux, ils n'avaient pas eu plus. Ma mère a dormi dans son salon pendant toute son enfance, sur un canapé dépliant, un canapé bleu comme un ciel d'orage. Un canapé qu'un jour, peu après le divorce de mes parents, je n'ai pas su porter. Puis ce fut le jour du canapé.

Mon père, enfant, partageait lui un appartement de si peu de mètres carrés avec ses frères et sœurs et ses parents. Ils étaient cinq dans cette petite chambre de bonne, rue René Boulanger. Là-dedans, il y avait plus de cris que d'air. Les paroles, dures et définitives, se figeaient comme des couteaux qu'on lance sur un mur. Et ils atteignaient leur cible. Les enfants pleuraient de n'être pas aimés ou si mal. Ceinture. Fesses rougies d'exister.

Que faisaient mes parents sinon reproduire l'espace de leur enfance ? On fait avec ce qu'on connaît. Et rarement on fait différemment de ses parents. Ce serait trahir. Alors qu'ils étaient devenus des bourgeois, mes parents ne s'autorisaient pas à s'agrandir et mettaient en scène dans cette chambre qui était la nôtre leur incapacité à se faire autre et à changer, véritablement, presque officiellement de milieu.

Il fallait d'une certaine façon s'émanciper socialement mais rester fidèle à ce qu'ils avaient vécu. Alors on dormait ensemble, toutes les quatre. Et nos corps encore aujourd'hui se touchent de s'être si bien connues et se comprennent sans avoir à émettre le moindre son. Nos rêves se mélangeaient, se contaminaient d'être si proches endormies. Nous avions notre espace, notre territoire, nos jeux qui faisaient si bien passer le temps. Notre chambre était ma honte, celle qui me fit trembler un jour à l'école d'avoir à répondre à la question « Elle est comment ta chambre ? ». Elle est quadruple ma chambre, elle accueille des sœurs qui ne font qu'une.

Il est donc là, mon père, au milieu de la salle de musée qu'est devenu mon salon. Un sanctuaire du père qui passe, qui fait l'honneur de sa présence, qui laisse traîner derrière lui son odeur d'animal doux et peureux, odeur que je cherche encore dans le monde. Et si je pouvais, j'y associerais le touché râpeux de son peignoir, jauni par le temps, usé de tous les matins.

Il est là, en baskets, dans un pull que je lui ai offert. Je ne peux pas le voir sans émotion. Ses yeux, ses yeux, presque fermés, plissés, font croire au jour qui s'éteint.

Comme la lumière manque, mon père s'avance vers le compteur et nous promet une éclaircie. Pourquoi vit-il seul maintenant ? Pourquoi a-t-il décidé de laisser sa vie d'avant s'installer dans le souvenir ? Comment fait-il pour vivre sans qu'âme vive alentour ? Il peut tout juste espérer le sourire des arbres, deux arbres qu'il a plantés pour ses petits-fils. Il les fait pousser. Le sourire des écorces dessinées par la nature où l'on devine par anthropomorphisme des visages humains, des formes que l'on connaît, des paréidolies qu'il faut déchiffrer pour se reconnaître dans le monde. Il les voit peu ses petits-enfants, des petits garçons qui gesticulent trop pour lui qui n'avait pas le droit de bouger une oreille. Un jour il pleurera de me l'avouer. Alors il leur a substitué une existence dans son jardin, juste après le potager, sous ses yeux gris poussent ses petits-enfants de sève et de jeune bois. Il a un chien, tout doux, heureux d'avoir sous les pattes de l'herbe fraîche. Il n'aboie jamais. Il est comme son maître, calme, patient, le regard tendre qui ne heurte pas le silence.

« Papy, tu peux m'aider à écrire mon prénom ? »

C'est mon fils, il est sur les genoux de mon père. Que j'aime voir ses petites jambes pendre des deux côtés, comme un jouet de bois devenu chair. Qu'il est émouvant de regarder leurs profils, le grand-père, le petit-fils, et moi qui les relie. Ces deux visages si familiers, je les dessine de mémoire, et ils me manquent alors qu'ils sont dans la même pièce que moi. Ce qui manque est la peur de les voir disparaître un jour. Il n'y a pas de manque sans mort.

Alors que je fixe la main potelée de mon enfant, je le vois déchirer une page du livre de mon père, d'un coup sec, déterminé. Lecture impossible, saut de page. Mon père crie de rage, et retrouve ses anciens oripeaux, il le secoue, en le tenant fermement. Il n'a pas dit tout ce qu'il avait à dire sur ce ton-là. Et c'est ainsi que se fend l'air, que tombe l'espoir du changement, que revient la violence, tout près, à faire siffler les oreilles et à brouiller la vue. Aucun geste ne suivra, je sortirai juste de la pièce pour qu'arrive l'entracte. Derrière la porte, je l'entends encore crier. Il faut que j'extirpe mon fils. Je ne sais plus situer les uns et les autres. Où sommes-nous ?

Mon père repart demain dans ses champs perdus, il y trouvera le silence, la vacance et l'exil. Quelques biches et les sous-bois, verts et sombres. Et moi je resterai seule avec la marque qu'il a laissée dans mon paysage, avec ces cris qui ne lui ressemblent plus, avec cette incompréhension que je comprends pourtant.

Demain, je lui donnerai l'enveloppe en craft que j'ai fini par ouvrir. Je veux m'en débarrasser. La mettre au rebut d'une vie antérieure, m'en séparer à jamais. Me dépouiller de toute trace de déraison, dans l'appartement que j'occupe avec mon fils et mon compagnon. Je la tiendrai une dernière fois cette enveloppe de la science, je lirai une dernière fois que je suis la fille de mon père, et je lui rendrai dans un dernier geste sa demande folle. Je repenserai, aussi, à cet enfant que je n'ai pas gardé, l'enfant de Sacha ou Lenny, je n'ai jamais su, ne saurai jamais, et j'entrerai dans une vie blanche, neuve. Je sortirai du moule créateur, de la matrice démentielle et je vivrai.

Table rase, nettoyage de printemps en hiver, le sol sur lequel je me tiens est devenu solide depuis que je suis devenue mère d'un enfant dont je connais le père, que j'ai mis au monde sans qu'aucune question, aucun doute ne vienne affleurer et parasiter la simplicité d'une naissance. Être trois sous le même toit, et respirer l'air de ce trio possible, vrai, indubitable. Et je me souviendrai comme d'une nuit fondatrice, de la conception de mon fils avec l'homme qui se couche tous les soirs à mes côtés. Notre lit, notre maison, nos rires simples et francs et un canapé neuf, couleur brique, car on ne se défait pas si aisément de nos monstres antédiluviens, de ce qui nous a tenu compagnie comme des lémures. Aujourd'hui je peux regarder un immeuble de briques sans faillir, je peux prendre un train sans que mes jambes de coton ne se dérobent. Les couleurs de ma vie ont changé, la pellicule est neuve, et mes yeux ne sont plus tournés vers l'arrière-cour de mes souvenirs empêtrés, enlisés dans l'opacité d'un doute glacé qui ne m'a jamais appartenu mais qui m'a pourtant gelé le cœur.

2.

Après les cris, je me suis réfugiée dans mon lit, j'ai regardé un film pour oublier. Pour ne pas repenser au retour du drame, à la permanence des hommes qui n'ont jamais réussi à changer vraiment. Et comme mon fils avait eu peur, je suis allée le chercher dans son lit alors qu'il dormait déjà, et je l'ai déposé sur mon ventre, il dépassait et respirait.

Ce matin, je repense à ce film. Il est question des attentats, et une femme se souvient, ou plutôt ne se souvient pas. Elle, victime, a tout vu, tout entendu mais ignore tout de ce qu'elle a vécu. Qu'a-t-elle fait lorsque le tueur a parcouru la salle, achevant les uns et les autres, tout près d'elle ? A-t-elle crié ? Rampé ? Hurlé ? Elle ne sait plus. Elle était sidérée, n'avait pu agir, réagir.

Elle quittera son conjoint, elle qui ne sait plus aimer les êtres sans blessure. Elle en aimera un autre, une victime, comme elle. J'y repense, très fort, avec la sensation que ce film vit en moi, continue sa course du sens et se fait un chemin. Les œuvres quand elles se taisent, et continuent pourtant de nous nourrir, sont faites d'une substance amoureuse. On y repense vingt ans plus tard, au détour d'une conversation, dans un dîner et on se souvient, non pas des images et de l'histoire, mais des sensations qu'elles ont déposées en nous, elles ont la force des rencontres, nous ont terrassés comme un premier baiser, inoubliable parce que premier.

Je crois que j'ai aimé l'absence de cette femme à elle-même, et la façon dont elle nage dans le noir. Elle me fait penser à moi, qui ne sais plus ce que j'ai ressenti le jour du canapé. J'ai peur d'avoir tout inventé. À quoi m'accrocher si même le souvenir est muet ? Les images ont une teinte passée, les mots ont été déformés, pourtant je sais. Je n'ai pas inventé ses deux mains qui courent vers moi et que je revois dans mes nuits. Je n'ai pas inventé son souffle tout près, dont l'odeur était celle du café matinal, il devait être tôt. Mais que faisais-je chez mon père à cette heure-là ? Je crois qu'il m'avait demandé de l'aide, de déplacer ce canapé bleu comme un orage. J'avais accepté puisque j'étais là. Ce canapé, j'y avais souvent dormi, enfant, et je m'y enfonçais comme dans des sables mouvants. Ce canapé était un vestige, un gage du passé, une relique émouvante de ces nuits à dormir chez mon grand-père maternel. Et j'aimais m'y loger car c'était là qu'avait dormi toute son enfance ma mère, avant moi, sur ce canapé dépliable. C'est curieux de donner à son enfant un canapé dépliable en guise de lit. Je n'y avais jamais pensé, mais c'était comme si elle avait été une invitée dans sa propre vie, de passage, elle ne resterait pas. J'allais chez mon grand-père tous les samedis-nuits, et je l'entendais crier dans un demi-sommeil le nom de sa femme, Rebecca, morte depuis trop longtemps. Parfois il souffrait tellement que je me glissais dans son lit pour faire taire son délire, je mettais ma main sur la sienne, je sentais ses veines épaisses, je le bordais et on s'endormait comme deux enfants exténués par une journée au soleil. Puis nous rêvions chacun de notre côté. J'étais sa veilleuse, son garde-fou. J'occupais la place de la morte, je comblais. Puis vers 5 heures du matin, je courais jusqu'au canapé dépliable et je terminais ma nuit dans mon âge d'enfant qui ne cherche plus à réparer. Je laissais les morts dans l'autre lit, je laissais l'épreuve du manque et du deuil et je regagnais le monde des premiers pas, des premiers mots, de la langue neuve et expérimentale. De ce canapé, je me souviens encore d'une odeur de poussière tenace, incrustée dans les âges. Il était fatigué. Comment avait-il atterri dans l'appartement de mon père ? Comment m'étais-je retrouvée à devoir le porter avec mon père pour le déposer dans la rue ? Par quelle opération étais-je devenue une déménageuse des meubles du passé ? De ces meubles si chargés, empêtrés, immobiles, mais malgré le passage des vies, encore battants. Après le divorce de mes parents, je me souviens avoir rangé, déplacé, porté des tonnes de meubles. Tout était en chantier, ma tête aussi. Rien ne marchait, le ressort était détraqué, les lattes tombaient, et de tout ce garde-meuble symbolique, je me disais que c'était cela avant tout, un divorce, une séparation des choses réelles, en deux parties égales. Chacun de son côté, et l'on commence à parler seul. Seul, face à d'innombrables objets, qui allaient disparaître de notre vue, abandonnés aux passants dans la rue, devenus anonymes et sans histoire.

3.

De ce canapé, il faut que je me relève, une bonne fois pour toutes. Il faut que j'oublie ce bleu, cette poussière, que je nettoie le sens et que je le replie sur lui-même, c'est cela que l'on fait avec un canapé dépliable, on le contorsionne et il redevient tout petit, dans un coin, on peut enfin le rendre à lui-même, dans une place contenue. La pièce est plus grande lorsqu'il est fermé, l'histoire, celle qui a débordé, peut se faire plus menue, elle aussi. C'est cela que je veux faire aujourd'hui, marcher dans un périmètre élargi, gonflé par quelques centimètres gagnés, respirer cette victoire. Couper court à l'obsession. Le jour du canapé. Le train du doute. Le test de paternité dans ce CHU fait de briques brutales et trop réelles. Les nuits blanches à l'hôpital.

Quitter la colère aussi, d'avoir été ballottée, mise sur pause, suspendue, en sursis, rendue à une hypothèse. Peut-être pas sa fille. L'identité mensongère. Le nom chargé d'un doute de cendres.

Je tiens dans la main une photographie en noir et blanc. Je les cherche en ce moment, ces traces de nous, dans mes tiroirs. Nos deux airs semblables, je dois avoir trois ans, mais c'est lui le poupon. C'est l'expression « tel père telle fille » qui semble avoir trouvé sa définition. Il m'a fait tant de peine à se demander si je lui appartenais génétiquement. C'est presque vulgaire cette question-là. Cela convoque la propriété. Suis-je à lui ? Faite de lui ? Est-ce que je descends de lui ? Il se comporte en tas de gamètes, il n'est pas lui-même quand il pose cette question. C'est la peur, la terreur qui le fait parler. Et quand son doute prend la parole, alors ce qui sort est emmuré dans la folie. Il m'a expliqué. S'il a parfois eu des mots démesurés envers moi, c'est parce qu'il lui était insupportable de ne pas être sûr d'être mon père. Il a justifié sa violence de n'être pas certain. Il voulait que je sois de la bonne graine parce qu'on lui avait dit toute sa vie qu'il en était de la mauvaise. Et quand il me l'a expliqué, cette histoire de bonne ou de mauvaise graine, je ne l'avais jamais vu pleurer d'aussi profond, d'aussi loin. À remuer, à trembler.

Sur cette photo, nous avons le même air, absent, fixant le lointain comme si la mer était juste au bout. Nos yeux se posent sur la fenêtre, sur le dehors qui nous sauve mais que l'on ne sait habiter à deux. Ce qui fait que nous ne sommes pas vraiment là sur cette image. Nous nous touchons, nos corps se touchent. Son bras passe derrière ma petite tête. Je tiens un biberon. À cet âge-là, je sens tout mais rien n'a été dit. Je ne sais pas encore que ma mère avant de tomber enceinte de moi a eu une liaison, une affaire, une nuit dans un autre lit, une autre bouche, pas plus, elle me le dira plus tard, pas plus. Sur cette photographie, je sais tout, déjà. C'est l'apparence de la douceur et de l'évidence mais il y a déjà cette absence de repère, cette faille qui nous sépare, cette crevasse entre nous que viennent combler de doux baisers, si forts qu'ils réparent quelque chose.

Hier soir, je me suis dit que je ne l'aimais plus mon père, que maintenant que j'étais guérie et que je ne souffrais plus de notre relation, ça y est je ne l'aimais plus. C'est que je ne sais pas aimer sans douleur, sans hurler mon amour qui ravage quand il passe. Je ne l'aime plus ou plutôt je l'aime enfin. Je suis enfin prête à ne plus souffrir de notre lien. Il m'est égal. Il vit désormais loin de moi mais il ne me manque plus. Je n'ai plus besoin de l'appeler en larmes le matin pour lui dire que j'existe et pour vérifier qu'il vit. Je n'ai plus peur d'être abandonnée par lui s'il oublie mon anniversaire. Je crois que je l'ai remis à sa place, celle d'être mon père, quoi qu'il advienne, quoi qu'il se soit passé. J'ai fini de pleurer son absence et son incapacité à dire je t'aime car il me l'a enfin dit « je t'aime » et moi j'en aime un autre. Celui qui partage ma vie et qui ne m'a jamais fait mal.

Et puis je suis devenue une mère, alors je pense par en haut et plus jamais par en bas, de cet amour qui défend et qui ne cherche pas à être défendu, de cet amour vertical, dans le bon sens, de moi à mon fils, d'en haut vers le petit âge. Et plus jamais, depuis un manque, celui du père, interdit et trop pudique, arrêté dans son élan car j'étais le symptôme. J'étais le résultat d'une ombre, celle du deuxième homme, celui qui avait détourné ma mère de lui. Il y a eu le doute, le plus grand doute de ma vie, sans même que rien ne se soit passé.

Alors, j'ai aujourd'hui besoin de demander à ma mère ce qu'il y a eu cette nuit-là. La seule nuit, la véritable, la nuit du doute. Pourquoi a-t-elle dit à mon père « Je ne sais pas de qui est l'enfant ». L'enfant, c'était moi. J'ai fait ce test de paternité, un matin, en Suisse. J'ai fait ce saut dans le néant sans retour possible sur la terre ferme. Je prends mon téléphone et je compose dans un sursaut de vie le numéro de ma mère. Elle répond et une demi-heure plus tard, dans l'urgence que certains moments dictent à la vie, elle est là, devant moi, et je m'apprête à la surprendre, à donner vie à son plus grand cauchemar.

4.

Dans le quartier, c'est la panne générale. Dans le café où nous nous retrouvons, les machines ne marchent plus. Mes mains tremblent. Dans le noir, ma mère arrive avec son élégance naturelle et ses taches de rousseur qui la rendent gaie. Il n'y a pas plus beau visage. Les rides l'ont rendue encore plus jeune. Elle sent bon, je me réfugie dans ce parfum qui me donnera des réponses. Elle sait tout pour avoir écrit l'histoire. C'est par elle que tout a commencé, elle est mon origine, le centre de ma terre.

« Il est beau ce troquet, je ne le connaissais pas.

— Oui, c'est là que j'écris, je déménage mon bureau.

— Tu écris, c'est bien.

— Sur nous, oui. Sur ce test de paternité. Je t'ai laissée à l'écart de cette histoire jusqu'ici, je crois que j'ai voulu te protéger. C'était moi qu'il fallait protéger. »

Ma voix est neutre, je ne tremble plus, je le vois en me servant un verre d'eau.

Elle regarde son verre. La table est bancale, on demande un bout de papier plié pour retrouver un semblant d'équilibre. Il en faut bien quelque part. Le serveur me connaît, il suppose que la femme qui m'a rejointe est ma mère. C'est vrai que l'on se ressemble. Sur les photos de famille, c'est troublant, et de plus en plus. Je me déguise en elle, avec la même montre au poignet et la bague qu'elle portait, avant. Avant le divorce.

Avec cette bague je suis devenue elle, j'ai vu mes doigts changer et au bout d'eux une vérité que je n'avais jamais atteinte auparavant. Avant, je parcourais les commerces pour trouver des bagues, j'en achetais beaucoup. Jusqu'au jour où ma mère m'a offert sa bague. Celle que mon père lui avait offerte à ma naissance. Un cadeau qu'il lui avait fait, celui qu'elle me faisait. C'est le fait qu'elle me la tende et la glisse à mon doigt qui m'a fait autre. Je suis devenue elle, gonflée par sa présence qu'elle déposait sur ma peau, au milieu de la main, le majeur, je ne le quittais pas cet anneau, il était mien. C'est la première fois que je ne quitte jamais un bijou, je dors avec, je fais couler de l'eau dessus, je vis avec, le jour, la nuit. C'est ma mère cette bague. Ma mère, celle qui vécut neuf mois démultipliée pour me donner chair. Je suis ses os, je suis faite d'elle et je ne me suis jamais dissociée d'elle. J'ai toujours voulu lui ressembler. Je lui vole son langage, je l'imite, je tourne la tête et c'est encore elle que je vois. Je cherche sa présence dans le monde, toujours. Je la vois, souvent, marcher dans la foule, mais ce n'est pas elle car dès que je me rapproche elle se dissipe et apparaît sous les traits d'une femme qui n'est pas elle. Il suffit donc que je distingue dans la cohue des cheveux blancs de neige comme les siens, que je sente son parfum, que j'entende une voix proche de la sienne pour la croire devant moi. Mais non ce n'est pas elle, je l'ai juste imaginée parce que j'ai encore besoin d'elle. J'ai encore besoin de ses yeux pour voir, j'ai besoin, aussi, de ses mots pour penser. Longtemps j'ai utilisé son vocable pour me distinguer des autres. Maintenant j'apprends à parler depuis l'endroit où je me tiens seule, mais c'est difficile, sa parole est plus belle. Je pourrais l'entendre parler des heures et m'endormir de ses mots, je pourrais l'embrasser une vie, la prendre dans mes bras tous les matins, elle si petite. Un mètre quarante-deux, c'est minuscule, elle m'arrive si bas. Et pourtant si forte, d'une voix si forte, qui parle haut et au-dessus des immeubles de peur de ne pas être entendue. Elle se perd dans les détails, ouvre des tiroirs et des parenthèses parce qu'au fond elle veut juste qu'on l'écoute. Oui, au fond j'ai toujours voulu la protéger plus qu'elle ne me protège, elle. Et si c'était la plus grande douleur de ma vie de n'avoir pas su lui demander de l'aide, à elle, qu'elle me porte secours quand je tombais. Cela aurait dû être elle, elle qui aurait été ce barrage, celui qu'elle n'a jamais su bâtir parce qu'il y avait mon père qui avait monté des murs de béton de ses principes. Alors ma mère ne disait rien, elle attendait qu'on l'aide, nous ses filles, nous qui aurions pourtant eu tant besoin de sa force.

« Je dois remonter avant ma naissance. Je dois t'écouter. Parle-moi maman. » Ma gorge tremble, verrouillée, de fer. « Je me demande si tu n'as pas été complice. »

Ses yeux tombent dans son verre, son visage est penché, elle ne me regarde pas.

« Viens, maman, on sera mieux chez moi. »

Nous quittons nos verres remplis. On a quelque chose d'autre à terminer, là-haut, chez moi, dans un lieu qui accepte les larmes.

Il y a forcément une chronologie. J'ai forcément une biographie. Le problème c'est que celle-ci commence avant ma naissance. Nous montons les escaliers et lorsque j'ouvre la porte, je sens une odeur de pourriture.

Depuis l'anniversaire de mon fils, les fleurs ont fané. Le bouquet est triste, dans un coin et je ne me suis pas résolue à le jeter. Ma mère le prend dans les mains et sans me demander, le jette à la poubelle. D'un geste qui affirme qu'elle est presque chez elle, car l'intimité de sa fille n'existe pas.

Elle s'assoit sur une chaise en bois foncé, il y en a six autour de la table, elle choisit celle où j'écris d'habitude et je me fais la réflexion que c'est ma chaise. Je lui demande qu'elle se mette en face de moi, de l'autre côté.

« Pour moi, c'est plus facile, parce que ce n'est pas mon père », dit-elle, sans que j'aie à lui poser de question. Elle a commencé à parler, sans préambule, comme sur le banc d'une accusée.

Je ne comprends rien, elle semble dans un état second, son visage est défait, ses mains crispées, ses yeux tristes et apeurés. Je ne sais pas si la tristesse prédomine sur la peur, je ne sais plus de quelle teinte sont ses sentiments. Ses yeux sont verts, ils me font penser à un bonbon que je ne trouvais qu'en Suisse, quand on partait au ski, tous ensemble, emmitonnés, parés pour le grand froid et l'adversité.

« Il ne faut pas le laisser être un monstre, il ne l'est pas », dit-elle. Je la laisse poursuivre, je suis là pour l'écouter et puis que dire face à une mère qui parle enfin, qui accepte de se livrer à sa fille, longtemps après. Elle pourrait me dire non, elle pourrait arguer de la difficulté d'évoquer sa sexualité, son histoire, ses histoires.

« Cette question d'avant ma naissance, dis-je, elle ne me concerne pas, je le sais bien. Mais à chaque fois que je parle du test de paternité et que je veux me faire aider, on me dit, “Si votre père a douté, c'est qu'il y avait un doute, celui de votre mère”. C'est quoi ce doute, maman ?

— Parce que j'avais rencontré un homme. Mais il n'y a pas eu de relation entre nous deux. » Elle regarde ses mains, jamais mes yeux. Les yeux de sa fille. Celle à qui elle dit enfin qu'il n'y a jamais rien eu d'autre qu'un délire. L'union de deux folies.

« Mais il n'y a aucun moment où tu as dit à papa que tu avais un doute ?

— Si.

— T'as juste dit que tu avais rencontré quelqu'un ?

— Écoute, ça me fatigue de parler de ça.

— Ça me met mal à l'aise aussi maman. Mais j'ai besoin de comprendre.

— Je pense que tout ça était assez fou et empreint de fantasmes.

— Donc tu n'avais pas de doute, mais tu lui as fait part d'un doute.

— Oui. Je suis coupable, continue-t-elle.

— "Je ne suis pas sûre d'être enceinte de toi." Il y a eu forcément cette phrase-là, maman.

— Oui. J'ai dit ça. Mais je ne sais pas pourquoi. »

Elle songe, je le vois à sa pensée qui traverse la pièce de ses yeux fragiles et embués.

« Mais ce que je pense réellement c'est que… »

Comme je souris, elle me demande : « Quoi qu'est-ce qu'il y a ? » Je réponds :

« C'est une situation folle.

— Oui. Folle.

— Une situation qui me précède.

— Oui. Si tu veux dans cette histoire, je trouve qu'il n'y a rien de cohérent. Ni ma conduite, ni celle de ton père.

— Est-ce que tu t'en veux d'avoir semé le doute inutilement ?

— Oui. Ce n'était pas indispensable. Mais de toute façon il a dit, je m'en souviens, et même plusieurs fois : "Je suis le père !" », continue-t-elle.

Elle s'énerve, je le vois à ses joues qui rougissent. Et puis elle se lève. J'ai l'impression qu'elle va partir. Mais elle reste, dos à moi.

« Pourquoi a-t-il eu besoin de faire si tard un test de paternité malgré le fait qu'il ait dit que de toute façon il était mon père ? dis-je en me tenant la tête, lourde, les coudes sur la table, à devenir folle.

— Je suis responsable. » Elle pleure des larmes trempées par l'honnêteté avouée.

« Tu lui en as voulu à papa, qu'il me demande de faire ce test ?

— Évidemment. Pour moi c'était le pire.

— Vraiment, maman ?

— Très clairement le pire, oui. Oui, il m'a hantée ce test.

— Tu as eu peur du résultat ?

— Jamais. Non. »

Ma mère me regarde longtemps, je pense qu'elle ne me voit plus, qu'elle voit trouble tant ses yeux boivent la tristesse du monde. Puis elle me dit, « Ton père t'a toujours aimée ».

Elle me prend dans ses bras, ses petits bras sans force, et je sens son parfum.

5.

Paris me blesse. Toute forme d'incertitude me meurtrit, m'atteint. Il me faut un épilogue, une péroraison. Je veux de la netteté, le flou me condamne.

Il me semble que l'on me retient par les jambes, et comme dans ce cauchemar familier de tous, je recule au lieu d'avancer, empêtrée dans un mélange des genres, avec dans la bouche l'impression d'avoir assisté à une scène de sexe entre mes parents. J'ai quitté ma mère il y a quelques heures et déjà le manque me retient par la nuque. D'avoir évoqué cette nuit du doute avec elle me rend coupable. J'ai ouvert une porte qui me condamne à poser les yeux sur une scène que je suis honteuse d'avoir vue.

Un jour, un seul, je les avais aperçus pendant l'acte amoureux. J'avais juste ouvert la porte pendant leur sieste. Une sieste chaude et émue. Ils étaient nus d'amour, ils étaient encore jeunes, et j'avais pleuré d'avoir surpris les gestes interdits, bousculée à grand émoi d'avoir à jamais compris comment ils m'avaient faite. C'était donc ça, une femme sur un homme, et la déception de comprendre que ce n'est pas magique.

Je ne vais pas sortir de cette histoire vivante si je suis seule face à elle. Il faut que je m'entoure d'alliés de raison, tous ceux que j'aurais dû voir il y a dix ans pour bâtir une muraille théorique.

Il m'a fallu dix ans pour me rendre compte que je voulais remonter le temps. Que j'aurais voulu dire non. Qu'aurais-je dû faire, et à qui m'adresser pour comprendre ? Je mets en place un plan d'attaque face à l'anomalie : un avocat, d'abord. Nullement pour prendre d'assaut quiconque, mais pour prendre la mesure du droit français concernant les tests de paternité.

Ce test fait à jamais partie du carnet de bord de ma vie, du calendrier gravé. Je reste clouée derrière la trappe du souvenir. Cette journée vécue au-delà d'elle-même revient, sans cesse. Elle est devenue une ossification mystérieuse, une brèche insensée qui échappe à toute sémantique. Rien ne s'est refermé. Tout est encore à vif, même couleur, même rouge au cœur. Même brûlure avec l'apparence du banal qui est venu malgré tout recouvrir la combustion. Mais derrière, au fond du fond, il y a les coulisses, il y a l'hémorragie du sens. Tout ce qui m'échappe, encore.

J'enrage. Je me hurle dessus, à l'intérieur. J'ai peur que les voisins m'entendent tellement mon cri est réel. Il aurait fallu que je porte une voix d'adulte, que je sois entendue, que je livre ma version des faits. Mais je ne l'ai pas fait. Je suis allée, tête baissée, presque coupable, en Suisse. Et une première question, évidente, que je ne me suis pourtant jamais posée avant : pourquoi n'avoir pas fait ce test en France ?

J'ai dit oui trop rapidement à mon père pour ne pas le décevoir. Ne pas le laisser dans sa détresse. Le *oui* de l'enfant qui obéit. Je prends conscience aujourd'hui de la puissance d'un parent. L'enfant le préférera toujours à un autre, même s'il est inique, car il est sa figure d'attachement. D'où vient cette loyauté aveugle ? D'où vient que l'on acquiesce, puis qu'on se rebelle tard, trop tard ?

On se rend compte de la violence après coup. Ce n'est qu'en reconstruisant qu'on peut se situer face à elle.

La fenêtre de ma chambre donne sur une cour et il me semble que tout le monde y est mort. Il est trop tard mais je veux comprendre. Mettre un pansement, bander les divagations. Car dix ans plus tard, je suis encore atteinte d'un trouble anxieux généralisé, un TAG. Car dix ans plus tard, je suis encore sous traitement médicamenteux. Car dix ans plus tard, je retombe encore. Je voudrais m'imaginer cette autre qui aurait été capable de tenir tête à son père. Et ces séjours à l'hôpital psychiatrique, aurais-je pu les éviter ? Être élevée dans le doute d'une mère puis d'un père, cela laisse des traces. M'appartiennent-elles ? J'aimerais qu'on m'ausculte, j'aimerais savoir si j'aurais pu passer de l'autre côté, celui des gens sains, équilibrés, sans trauma. Mais je suis cette femme devenue mère qui souffre d'angoisse, qui se bat contre elle-même. J'aurais dû me battre contre eux. Je me suis trompée d'adversaire, car je pardonne tout. J'ai fait ce test et suis morte à moi-même, douloureusement vivante. J'ouvre la fenêtre et les êtres vivent, ils ne sont pas morts.

L'avocat m'a répondu. Il a toujours fait preuve d'un soutien sans mesure. Il me prend sous son aile, c'est un grand et bel homme qui peut soutenir ma nature émiettée.

J'avale ses mots.

Le test de paternité est un examen biologique qui se fait dans le but de confirmer un lien de parenté entre deux personnes : le père supposé et l'enfant.

Un test de paternité « privé » est illégal en France.

Références :
— Article 16-11 du code civil
— Articles 226-26 du code pénal et suivants pour sanctionner le non-respect du cadre judiciaire

Le droit français fait primer l'indisponibilité de l'état à la liberté de disposer de soi-même ainsi que le statut des personnes à la liberté du commerce et de l'industrie. Le statut des personnes ne peut être l'objet de contrats contra legem. En tout état de cause, ces preuves librement accessibles livreraient des informations peu fiables en l'absence de contrôle de la qualité des examens et de certitude quant à l'identité des personnes testées. Ils sont toutefois garantis dans le cadre d'une procédure judiciaire.

On peut avoir recours à un laboratoire étranger.

À noter que si l'établissement de paternité se base sur la réalité biologique, le tribunal peut, dans certains cas, ne pas tenir compte de cette dernière en faisant primer le principe du droit au respect de la vie privée de l'enfant et de la famille (article 8 de la Convention européenne des droits de l'homme).

De ce magma législatif, je retiens seulement que je fus l'enfant d'un père présumé. Je poursuis ma lecture, le ventre alourdi, mes yeux se confondent avec mon ventre.

L'analyse ADN est la seule méthode susceptible de donner des résultats proches des 100 %. Elle a pour but de mesurer la taille de microsatellites spécifiques et démontrer les caractéristiques des chromosomes qui sont communs entre les personnes concernées. L'ADN est examiné par la méthode de PCR ou Polymerase Chain Reaction.

Je prends la liberté d'appeler mon avocat pour clarifier ce que je crois avoir compris. Il décroche, il a toujours décroché, même lorsqu'il sort d'une longue plaidoirie, il est là. Et je me fais la réflexion que je l'appelle avec la même urgente détresse que celle qui m'habite quand j'appelle mon père pour savoir s'il est là, pas loin, s'il ne m'a pas oubliée.

« Maître, merci, j'ai tout lu. Donc si je résume, en France un test de paternité est illégal ?

— Oui, c'est illégal en France. »

Il lit, je l'entends à sa diction : « La réglementation française impose que les expertises biologiques soient uniquement ordonnées par un juge. Et l'analyse génétique doit être réalisée exclusivement dans l'un des laboratoires agrémentés. Il n'existe qu'une quinzaine de laboratoires officiellement agréés.

— J'ai entendu un mot sur deux, je capte mal chez moi. Donc en France, on passe obligatoirement par un juge qui prescrit un test, c'est ça, on dit comment ? Prescrit ?

— On dit qu'il ordonne. »

Il poursuit : « Mais attention c'est un juge aux affaires familiales, un JAF, et je vous préviens, c'est un corps en souffrance, il y en a peu et ils croulent sous le travail. Pas certain qu'on vous réponde, conclut-il.

— Si j'ai fait ce test en Suisse, c'est parce que c'est légal là-bas, je comprends mieux. Je vous rappelle, j'entends très mal. »

Je pose mon téléphone et le ressaisis immédiatement pour contacter le tribunal de grande instance, le TGI. La sonnerie se perd dans le silence, personne ne répond.

À l'époque je ne me suis pas autorisée à me plonger dans le système judiciaire, je le fais aujourd'hui.

En France environ 3 500 tests sont réalisés sur décision judiciaire chaque année et environ 15 000 commandés illégalement sur internet.

Ils sont des milliers chaque année à braver la loi et à envoyer tétine, cheveux, brosse à dents à des laboratoires illégaux. J'imagine une salle pleine d'objets d'enfants qui jonchent le sol. Une scène d'horreur car j'y projette la folie des pères. Au fond c'est une question vieille comme le monde, les pères n'enfantent pas, alors ils scrutent la vérité jusque dans nos cheveux, notre salive. Ils nous poursuivent.

6.

Je ne dors pas de la nuit, je bats en brèche le sommeil qui m'éloignerait de mon but. Je vérifie toutes les secondes ma boîte de réception pour voir si le tribunal de grande instance m'a répondu. Mes recherches sur internet sont tellement ciblées et abondantes, que les publicités s'affichent en grand écran pour me proposer des tests de paternité « pratiques, rapides et 100 % efficaces ». Illégaux, donc. J'en ai la nausée. Et cette impression vivace que j'étouffe encore de ses mains. Il faut que je consulte. Plusieurs fois par jour, l'air ne passe plus, c'est une saccade et je crois mourir. Je prends rendez-vous avec la psychiatre qui m'a suivie à Sainte-Anne. Elle me prend en urgence.

Il est tôt. Je suis étendue sur son canapé en velours bordeaux, dans son cabinet parisien que je visite pour la première fois. Je ne me souvenais pas de son visage, elle n'est plus en blouse, elle est élégante, belle. Ce matin, la lumière diffuse m'interpelle. Son bureau, lui, est sombre, l'hiver est là et frappe au carreau, tout simple, ce carreau, je m'y accroche. Je fixe aussi les moulures au plafond et garde un instant le silence avant de dire ce que je traverse depuis quelques semaines.

« Depuis que j'écris sur le test de paternité que j'ai fait, j'ai l'impression qu'on va m'étrangler. Personne ne peut m'approcher sans que je recule d'un mètre. Je sauve les apparences. Je me maintiens hors de l'eau, mais au fond, j'ai l'impression de me noyer.

— Il a voulu vous tuer ? Vous m'aviez dit ça lors de votre hospitalisation…

— Non, mais je dirais qu'il m'a, dans les faits, étranglée. »

La psychiatre porte le parfum de ma mère. Quelle était la probabilité pour que l'odeur que ma thérapeute laisse flotter dans l'air me fasse penser à celle de notre salon, de notre maison ? Shalimar, Guerlain, c'est leur parfum. Deux femmes qui ne se connaissent pas et qui ont pour point commun une femme perdue sur un canapé de la honte. J'ai du mal à m'étendre de tout mon long, mon corps se raidit. Il y a trop de restes dans ce corps.

La psychiatre, en plus de porter le parfum de ma mère, porte les mêmes lunettes qu'elle. Elle est juive, comme elle. Et ses cheveux sont neigeux comme ceux de ma mère. Elle me demande de me replonger dans mes sensations passées. Je n'ose pas lui dire que mes sensations passées sont encore là, au présent. Elles sont toujours là pour me renvoyer à cette eau trouble dans laquelle je ne sais plus conjuguer. La ligne du temps n'est pas nette dans ma tête, elle s'arrête ce jour-là, et après je reste figée, sans pouvoir avancer, empêtrée dans une journée que je revis sans cesse.

Il a voulu étouffer mes mots. Sa folie, il me l'a jetée au corps. Sa survie était contenue dans la possibilité que je puisse mourir.

« TSPT… Vous pourriez en effet en être victime. »

Je ne sais pas ce que cela signifie. Elle me laisse sur cette conclusion qui ne m'aide pas. Je sais de quoi je souffre mais pas comment je vais sortir de ce faux présent, resté là-bas. Je me documente, je fais connaissance avec mon sujet.

Les troubles du stress post-traumatique (TSPT) sont des troubles psychiatriques qui surviennent après un événement traumatisant. Ils se traduisent par une souffrance morale et des complications physiques qui altèrent profondément la vie personnelle, sociale et professionnelle.

Et sur un autre site.

L'état de stress post-traumatique est un trouble anxieux sévère, qui se développe à la suite d'un événement ayant entraîné une détresse intense. Ce trouble s'installe de manière durable, perturbe profondément la vie quotidienne et peut, s'il n'est pas soigné, se compliquer de dépression.

Je ne vais pas me laisser tomber, pas cette fois.

J'écris à mon avocat, me plaignant d'un tribunal, sourd, qui ne me répond pas. Peut-il m'aider à appuyer ma demande ? J'écris dans une frénésie que je ne me connais pas. C'est une déflagration, mon cerveau n'accepte pas une réalité vécue il y a dix ans. Le sens s'évanouit, tournoie, et m'étrangle. J'ai besoin de m'entourer d'experts qui fassent à nouveau circuler le sang en moi par les bons canaux.

J'écris en rafales. Je lance des pistes, quitte à emprunter de mauvais chemins. Partout où il y a vide, il y a angoisse. Or, j'ai l'impression qu'il y a un vide juridique et que mon cas de figure n'entre dans aucune case. Un père qui demande un test de paternité à sa fille majeure, qui fait ça ? Il n'y a que lui qui le fit de cette façon, sous-tendant tout le reste, justifiant tous ses actes, se dédouanant. Ce fut le plus dur.

L'avocat ne me répond pas. Puisque le dossier judiciaire est au point mort, je compile les articles sur la question. Et à mon grand étonnement, très peu de documentation existe. Seul un article universitaire d'un sociologue, Jacques-Antoine Fréger, qui explique que la filiation n'est nullement affaire de biologie. La filiation pour lui n'est pas une histoire de génétique. Cela me plaît et me rassure. Il faut que je le rencontre. Je trouve son adresse et lui écris. En attendant sa réponse, je découvre une thèse sur la mise en libre-service des tests de paternité. Elle est signée d'une certaine Anastasia Levin-Braudel.

Pourquoi n'a-t-on pas accès comme dans d'autres pays aux tests de paternité dans les pharmacies, sur les comptoirs, demande-t-elle au début de cette thèse.

En Espagne, les tests ADN peuvent, en plus de la procédure judiciaire, être réalisés de manière totalement privée et confidentielle.

Au Canada, des kits de tests sont mis à la disposition de tous.

En Belgique et au Royaume-Uni, les tests sont autorisés hors procédure civile.

C'est donc pour éviter de passer par un juge, que nous avons fui en Suisse. Hors procédure civile. Hors cadre. Et notre cadre fut la confidence privée. Et là, tout a déraillé.

Je lis la thèse d'Anastasia, sans pause. Un enfant sur trente dans le monde ne serait pas de père déclaré, écrit-elle. Je suis obsédée par elle autant que par mon sujet. Je me demande à quoi elle ressemble, elle qui s'est intéressée, et qui semble être la seule, aux tests de paternité. En a-t-elle vécu un ? Comment dit-on d'ailleurs ? « J'ai vécu un test de paternité » ? C'est la première fois que je me pose la question du vocable.

Comme sa recherche dépend de la faculté de pharmacie de Clermont, je suppose qu'elle est pharmacienne dans la région. Elle est là, sa fiche. Il y a même une photographie d'elle. Elle est en effet pharmacienne à Clermont, et le numéro s'affiche. J'appelle. Mon cœur tremble. C'est un homme qui me répond. Malchance, elle a quitté ses fonctions il y a une semaine.

— Où se trouve-t-elle ? », la peur dans la voix. Je crains même, un instant, qu'elle soit morte. Il refuse catégoriquement de me donner le lieu où elle exerce à présent. J'insiste, le supplie. Il finit par s'émouvoir de ma demande, et me fait jurer de ne pas lui dire qu'il m'a donné son numéro, et de portable en plus. Je lui écris.

Je l'imagine mère de deux jolies petites blondes à nattes et cartable écossais, je ne sais pas pourquoi. Je me sens proche d'elle.

« Votre thèse me passionne. Je l'ai lue d'une traite. Je voudrais vous poser des questions, qu'est-ce qui a fait que vous vous soyez intéressée aux tests de paternité ? »

Elle me répond la seconde qui suit.

« Bonjour, Oh cela remonte ! J'ai soutenu ma thèse en 2012. Cette année-là, j'avais vu au cinéma *Starbuck* de Ken Scott, un film dont le héros découvre être le géniteur anonyme de 533 enfants. Mon sujet de thèse était trouvé. Je suis au travail, si vous voulez on peut s'appeler ce soir », écrit-elle.

Je veux la voir et le lui dis.

« Ce serait mieux de se rencontrer, je me déplace », dis-je.

Elle accepte.

« Je prends mes billets, on se rencontre ce week-end, chez vous ?

— D'accord, il y aura mes deux filles, mais on pourra s'isoler », répond-elle.

J'ai l'impression de lui avoir forcé la main. Clermont allait être la terre de mes retrouvailles avec le sujet de ma vie. Je suis convaincue que cette femme peut m'apporter un éclairage. Elle a mon âge ou à peu près et elle est en effet mère de deux petites filles, je le savais.

7.

J'ai annulé mes impératifs pour sauter dans un train, comme on rejoint son destin, tout le reste devenu caduc. Je suis dans le train matriciel, je me liquéfie. Je n'ai plus d'ossature dans ces moments-là.

Mon train arrive à 16 h 33, Anastasia m'attend sur le quai. Elle est venue me chercher en voiture, je découvre que sa maison est à dix minutes à l'extérieur de Clermont. J'ai l'impression d'entrer dans son intimité. J'ai le sentiment qu'on est liées par le même intérêt. Le même sang, une histoire commune, en tout cas.

Sa voiture ressemble à une petite maison, il y a des repères partout, des petits bibelots, des jouets, des miettes qui indiquent la présence de ses filles. Sans doute les amène-t-elle à l'école en voiture. Je crois comprendre qu'elle est séparée, je la sens seule et courageuse.

Dans l'habitacle, il fait chaud et l'odeur de son parfum m'entoure et nimbe mes inquiétudes. Je me sens bien, proche d'elle, si près d'elle, ses mains, à portée des miennes. Elle a des lunettes discrètes à la monture élégante. Ses attaches sont fines, sa blondeur innocente et sa jupe fendue font d'elle une femme distinguée.

Sur la porte de la maison, il y a déjà le houx et la boule de Noël rouge qui accueille le visiteur. Mais qui vient ici ? Le père a déserté, je le sais désormais, et les amis se font rares, je l'ai compris. Mais l'habitude est tenace et on ne délaisse pas si facilement la tradition. C'est elle qui nous tient, un fil tendu entre les êtres par-delà les siècles, sans lui, on tombe, c'est une cordée, une file indienne, fragile.

Dans le salon, je pose mon regard sur une poupée borgne, elle me fait peur. Un rien m'effraie. Pas étanche, pas imperméable, pas sécurisée par des bords certains. Le père, la mère, autour, ce sont eux les bords certains et je ne les ai jamais eus.

Cela déborde rapidement, et je me fige à la vue d'une poupée abîmée par le temps.

Le thé est servi dans une vaisselle dépareillée. Je n'ai pas soif. Elle prend place dans un fauteuil défoncé en face de moi, un peu de biais tandis qu'elle m'offre le canapé en toile de Jouy.

« Ma démarche vous surprend ? lancé-je avec l'espoir d'une conversation franche.

— Oui, personne ne s'intéresse aux tests de paternité, personne. Je me suis sentie très seule pendant l'écriture de ma thèse, répond-elle.

— Moi aussi je me sens seule depuis le début de mon enquête, je débroussaille comme je peux, mais je suis seule.

— Pourquoi vous écrivez dessus, vous ? » demande-t-elle. Pas besoin de détours, ni d'artifices, la convention saute d'elle-même comme une porte de ses gonds.

« Ça fait dix ans que j'ai fait un test de paternité. Mon père m'a demandé de le faire. Je l'ai fait. Aujourd'hui je me pose des questions. Sans doute pour mettre de la distance avec ce que j'ai vécu. »

Puis je poursuis, car je n'ai pas tout dit. « Je suis à peu près convaincue que si j'étais passée par la voie légale en France, c'est-à-dire par un juge et un avocat, mon père aurait essuyé un refus. On n'aurait jamais pu faire ce test en France.

— Oui, en France, on vous aurait protégée.

— Vous pensez, enfin tu penses, que c'est uniquement pour protéger l'enfant qu'il faut passer par un juge et un avocat ?

— Oui clairement. C'est pour protéger l'enfant. C'est punissable par la loi de faire ce qu'on appelle des "tests de confort". C'est interdit. Je ne vois que cette raison-là.

— Mais comment tu expliques que certains pays soient plus laxistes ? Qu'on puisse faire un test de paternité comme on fait des courses au supermarché, en Espagne, notamment ?

— Je pense que les pays qui laissent en libre accès les tests de paternité placent très haut la volonté universelle de vouloir connaître ses origines, de vouloir savoir d'où l'on vient. C'est louable, mais c'est loin d'être anodin, l'équilibre d'une famille entière peut être remis en cause par un simple résultat de test ADN…

— Moi j'aurais préféré être accompagnée. Plus je pense à ce test plus je me dis que c'est une pure folie de le faire sans passer par une procédure longue et judiciaire. J'aurais voulu être accompagnée pour ne pas tomber dans la démence.

— Peut-être qu'il faudrait trouver un idéal entre-deux : on pourrait légaliser les tests de paternité en les sécurisant, c'est-à-dire ouvrir l'accès aux tests de paternité mais s'assurer que les tests proposés soient sûrs et de qualité avec un système d'accréditation et surtout organiser un accompagnement adéquat des résultats par un psychologue et un juriste… »

Je regarde ma montre. Mon thé est froid et mon train m'attend.

« Oui il ne faut pas que tu tardes », dit gentiment Anastasia en débarrassant la table basse. Je n'ai pas pris le temps d'observer le salon. Il est gai, coquet même. On y devine une existence heureuse. Il a l'air d'y régner un certain équilibre. Un équilibre sans père.

8.

Je suis rentrée à temps pour l'anniversaire de ma sœur. Elle a vingt ans aujourd'hui. Je suis passée au supermarché, et dans l'allée des caisses, j'ai fait tomber une bouteille de champagne à mes pieds. La fête n'a pas commencé, elle est déjà fracturée, étalée sur le sol. Je lis trop de choses dans les actes. J'accorde une trop grande importance aux lapsus. J'interprète. Je suis une sorcière. Et toujours ce téléphone portable entre les doigts auquel je m'accroche depuis que j'ai commencé cette enquête. Le sociologue m'a répondu. D'allégresse, je lève les yeux au ciel, pourtant je suis dans un supermarché. Le divin côtoie le trivial, je paie entre ces deux mondes.

Je fais un gâteau au chocolat, la seule chose que je sais cuisiner. La recette s'est transmise de mère en fille et on y met beaucoup de douceur dans ce chocolat-là. C'est du chocolat transgénérationnel comme je le dis souvent à mon fils qui sait maintenant lui aussi le faire.

Je dispose des fleurs sur la table, des anémones, violettes, délicates, celles que ma mère apportait chaque samedi à son père. J'ai acheté des fromages beaucoup trop chers, j'ai lavé l'appartement, plié mon linge pour que rien ne dépasse dans ma chambre, j'ai fait les lits, et allumé une bougie.

J'ai l'impression de leur cacher quelque chose alors je décide, la peur incandescente au creux du ventre, que je leur dirai sur quoi j'écris. Alors que je réalise ce que je m'apprête à leur annoncer, la sonnette retentit. Je sursaute, pourtant je les attendais. Ma mère est souriante, belle dans sa veste en cuir noir.

J'entends mes sœurs, plus bas, dans le hall de l'immeuble. On décide de les attendre sur le pas de la porte avec ma mère. Elles montent et leurs rires montent avec elles. Elles sont heureuses parce qu'elles ont la confiance qu'un moment ensemble est sur le point de commencer. Les embrassades sont chaleureuses, les baisers sont autant de promesses et de certitudes que nous sommes des femmes unies.

J'ai tenu à ce que nos compagnons ne viennent pas. J'ai voulu que nos fils ne soient pas présents.

J'ai donc demandé expressément à l'homme avec qui je vis de s'absenter. Les compagnons de mes sœurs et de ma mère ne sont pas conviés.

Depuis peu je fais partie d'un cercle de femmes, en non-mixité. Mon point de vue sur le féminisme s'est radicalisé. Ma mère, ancienne militante du Mouvement de libération des femmes, le MLF, n'a pas beaucoup mis en pratique ses combats, c'est elle qui lavait le linge, elle qui nous inscrivait à la danse. Au sein du foyer, les lignes ne bougeaient pas, ou si peu.

« Je voulais qu'on soit entre femmes aujourd'hui, il y a trois mois, ça aurait été impensable pour moi. Je tâtonne encore, je cherche, mais je crois que je continue ton combat maman, dis-je, en enfilant des chaussettes, chaudes, de laine, pour me tranquilliser.

— On n'a pas été assez radicales au MLF, mais à l'époque l'idée était surtout de sauver des vies, répond-elle.

— Ce n'était pas les mêmes combats, ajoute ma sœur Blanche. Vous ne pouviez pas être sur tous les fronts. »

Pendant deux longues heures, on argumente avec force et amour : on oppose le féminisme radical, appelé à tort néo-féminisme et le féminisme universaliste, dans la lignée de Badinter, prônant la paix des sexes. Et puis la conversation prend un tour plus intime, d'un coup, cela sort du noir. Alors que notre mère affirme qu'il ne faut pas que les femmes soient considérées comme des « petites choses » qui ne savent pas dire « non », ma sœur fond en larme.

« Toi, tu n'as pas su dire non à la violence d'un homme. Tu n'as jamais protégé notre sœur. »

Elle parle de moi. Le silence devient matière. Je regarde les bûches dans la cheminée encore emballées dans leur filet orange pour repousser le grand hiver. Et j'écoute ce silence, je me blottis dans ses recoins blancs. Après une longue respiration, ma mère prononce ces mots.

« Je n'ai pas su dire non, car il y avait beaucoup d'amour. Votre père vous aime, vous a aimées, de tout son cœur. »

Ma sœur Célestine insiste.

« Maman, tu as été complice. Et cette fois où on a inventé que Hannah s'était fait mal avec une fermeture éclair alors qu'elle avait été étranglée par papa, tu étais où ? »

Le silence se fend, j'entends tout, jusqu'au tremblement des jambes de ma mère qui fait crisser le parquet, les bruits de bouche trop sèche pour aborder ces sujets trop lourds pour une seule vie.

Et là, encore une fois contre moi, je défends ma mère. Encore une fois.

« Tu ne m'as pas protégée parce que tout simplement tu ne le pouvais pas. Mais maman, où étais-tu quand je m'urinais dessus, quand je tremblais et que je vomissais d'angoisse la nuit ? »

Elle me prend dans ses bras, je la sens morte de honte et de culpabilité. Son rictus est figé, horrifié. L'épouvante a plaqué ses traits sur son visage.

« Je n'ai rien vu. » Après un long soupir, elle peine à articuler ces mots, « Pardon, pardon, pardon ». Elle s'avance vers moi, me prend la main, petite feuille tremblante, si triste. Je mets ma main sur sa tête.

« Maman, ce n'est pas de ta faute », je baisse les yeux pour qu'elle ne voie pas qu'à l'intérieur de moi je m'effondre. Je rapatrie mes pieds près de moi, pliés sur le fauteuil en laine beige. Je grelotte.

C'était la première fois que mes sœurs prenaient ma défense. La première fois que ma mère me disait pardon. Alors je compris le système de la violence. Cette toile d'araignée qui justifie, à l'aide de tous les membres d'une famille, la maltraitance qu'elle réserve à l'un d'eux.

On m'avait assigné une place, celle qui est un nœud, alors on pouvait me taper dessus, me cogner, me traîner par terre comme une serpillière usagée.

Je n'en veux à personne, je continue de penser qu'il y a des raisons derrière et ces raisons sont à l'arrière-plan de nos histoires, elles persistent. Elles sont épigénétiques.

Le cauchemar semblait prendre fin ici : je comprenais que je n'étais pas délirante, que j'avais été une cible, que j'avais cette fonction dans la famille. Celle qui prenait tout, qui déclenchait tout. Qui, par sa position, donnait forme à un délire aussi collectif qu'inconscient. Sur le pas de la porte, avant de refermer derrière elles, je leur glisse d'une toute petite voix : « C'est tout ça que j'écris en ce moment. »

Dans la nuit, par petits bouts de sommeil, je me dis qu'il est aussi beau que fou que d'une discussion sur le féminisme, nous en soyons arrivées, nous, plusieurs femmes, à prendre conscience de la violence d'un homme. Un homme. Un père. Un mari. Trois fonctions. Le lendemain matin, mon père écrit sur le groupe WhatsApp de la famille : « Ma maison a tremblé hier soir, magnitude 3,9 à Rouen. » Ici un tsunami, là-bas un tremblement de terre.

9.

Dans le café, je suis la seule cliente. La pluie noie la ville, on y marche comme à Venise. Je suis distraite par le bruit de la vaisselle que range le garçon de café, la brutalité de l'entrechoc s'accorde avec mon état. La mer urbaine se déchaîne. L'environnement a compris, rien ne sera doux aujourd'hui. Et cette pluie, violente, bruyante. J'attends Jacques-Antoine, ce sociologue qui a accepté de m'accorder un moment. Je ne sais pas à quoi il ressemble mais lorsque je vois arriver un grand type à lunettes, portant une vieille sacoche, je sais que c'est lui. Je lui fais signe de la main.

Il m'a proposé que l'on se retrouve dans un troquet dans le centre de Paris. La lumière y est trop forte, un rapide regard sur la glace en face de moi me le confirme : je suis pâle. Il y a bien trop de tumulte dans cet endroit. La Coupe du Monde a pris d'assaut la ville, il n'y a plus un bar fréquentable. Avant de nous asseoir, je lui prends le bras, familière comme je sais l'être, déstabilisante.

« Allons chez vous, vous m'avez dit que vous n'habitiez pas loin », proposé-je en le regardant de façon insistante. « Je ne veux pas rester ici, trop de bruit, trop d'hostilités, poursuis-je.

— Si vous voulez. »

Il est grand, charmant. Quelques rides, des tempes grises. Et ses mains appellent des caresses. Il se cache derrière des lunettes pour dissimuler sa beauté. Certaines personnes s'isolent du regard des autres, ce serait trop donner, trop dire, aussi.

Tandis que nous marchons, je sors de mon sac une boîte de macarons que je lui destinais pour le remercier. Je la lui tends mais il ne me voit pas, il semble absorbé par le chemin alors qu'il le connaît.

« C'est pour vous.

— Je vaux mieux que des gourmandises », dit-il amusé.

Le fait de rire m'apaise. Je suis bien avec ce grand type à lunettes dans ces rues que je connais mais qu'il me semble découvrir. Je reconnais l'église Saint-Gervais au loin. Depuis que je suis avec lui, je me sens calme, je projette en lui des solutions. On croise une femme qui chante, seule. Il tourne brusquement à droite, sans me prévenir.

« Ma femme, là, dit-il dans la précipitation. Elle ne supporte pas que je voie d'autres femmes, poursuit-il.

— Mais on ne se voit pas, on se rencontre », dis-je.

Il reste secret, il ne répond pas. Alors pour combler le vide, j'oriente notre discussion, je l'amorce, plutôt.

« J'ai voulu vous rencontrer parce que votre point de vue me plaît. J'ai l'impression qu'on peut être alliés.

— Qu'est-ce qui vous fait dire ça ?

— Pour vous la filiation ne se réduit pas à la dimension biologique. Vous l'avez écrit, je suis d'accord avec vous. J'ai fait un test de paternité, il y a dix ans. Mon père me l'a demandé.

— Et alors, il est votre géniteur ? », demande-t-il.

J'élude.

« Je crois que j'aurais voulu que mon père me dise que malgré le doute qu'il avait, j'étais sa fille, coûte que coûte », dis-je d'un ton distant, tentant d'aborder les choses froidement. Mais mon émotion est palpable, je le comprends en voyant son air un peu gêné. Et puis son rythme de parole n'est pas le mien. Il dit peu de choses.

« Vous semblez encore sous le choc.

— Je le suis, dix ans plus tard, dix ans après ce test, oui.

— Mais qu'est-ce qu'un sociologue peut faire pour vous aider ?

— Je ne sais pas... Je ne sais pas du tout. Me dire ce qu'est un père. Et puis ce qu'est un père s'il n'est pas le géniteur. Me rassurer, je crois...

— Je peux vous rassurer, ça oui, sur le fait qu'un père n'est pas qu'un géniteur. Mais pour le reste... », dit-il en posant ses yeux dans les miens.

Je sens un trouble. Il est vraiment beau derrière ses lunettes.

Derrière lui, je monte les marches, et plus je vois son dos plus je me dis que j'aime le dos des hommes. Ce que le dos dégage de mystère, ce qu'il cache, c'est l'envers, c'est une porte entrouverte. Il est essoufflé. En introduisant la clé dans la serrure, il répond, haletant.

« Nous sommes tous l'enfant d'un homme et d'une femme, mais en sociologie, nous savons que l'appropriation des enfants ne se fait pas de la même manière dans toutes les sociétés. La filiation est sociale, pas biologique. Je me suis toujours battu pour faire valoir cette idée, c'est pour ça que j'ai accepté de vous voir. »

Sa science m'excite, c'est ainsi.

« Mon père me disait que c'était la science dont il avait besoin pour savoir si j'étais sa fille. Je sais bien que vous n'êtes pas psy…

— C'est là, il me coupe, en insérant la clé dans la serrure. Je ne sais pas. Je ne suis pas qualifié pour ça », me répond-il.

Cette fois, il me regarde droit dans les yeux, intensément, alors qu'il suspend son manteau sur une patère et me prend le mien des mains, doucement.

Les gens que je rencontre sont mes sauveurs. Ils rangent mon esprit, ils m'apportent du discernement. Sa main frôle la mienne. Il prépare un café, dans sa cuisine étroite. Il est si calme. Tous ses gestes sont mesurés. J'aime le regarder, dans son intérieur un peu en désordre. Je ne détecte aucune présence féminine, ni dans le salon, ni dans la cuisine. Pas d'étoles, pas d'escarpins dans l'entrée, pas de bijoux dans le vide-poche. Nous sommes seuls. En passant au salon, il continue son raisonnement.

« Dans les sociétés où le principe de descendance est matrilinéaire, l'enfant appartient uniquement au groupe de parenté de la mère, on considère que l'homme ne conçoit pas l'enfant avec son sperme, qu'il n'en est pas le géniteur. C'est la femme seule qui en est la génitrice. Au contraire, dans une société à principe de descendance patrilinéaire, l'homme est le seul géniteur de l'enfant, la femme n'est qu'un réceptacle du sperme. Dans nos sociétés occidentales, l'enfant appartient à la fois au groupe de parenté du père et à celui de la mère. Il y a une superposition des lois de la génétique et de notre modèle occidental de filiation, et donc nous confondons le biologique avec le social. C'est ce qui fait peut-être dire à votre père qu'un père est un ensemble de gamètes mâles, alors que de mon point de vue c'est une fiction. C'est pour ça que je parle de fiction du biologique. »

Il a dit tout cela d'un même souffle, d'un même tenant, ses yeux cachés discrètement mais si beaux derrière ses lunettes. J'aime le regarder. C'est devenu mon grand type à lunettes.

« Avec sa demande, que je trouve aujourd'hui folle, mon père m'a mise dans une position éjectable. C'était binaire. Il cherchait à réduire sa fonction à celle d'un géniteur. Effroyable conception de la descendance ! »

Je parle plus fort, tout à coup, trop, je crois, je le comprends au regard étonné de Jacques-Antoine.

« C'est quoi la fiction du biologique ? », poursuis-je, inquisitrice. « Ça m'intéresse. Dans ce moment-là, au moment du test, je n'étais plus la fille de mon père par ce lien inconditionnel dont j'aurais rêvé. »

Je venais de comprendre la source de ma colère : on pouvait par un test annuler un lien, l'effacer. J'avais été une chose. Une machine. Un objet que l'on peut éteindre, puis, éventuellement, décider de rallumer. Et je me serais remise à marcher, à une condition, une seule, être sa fille, la sienne.

« Je comprends bien votre colère. Je suis désolé. C'est pas simple. La filiation ne se réduit pas à la rencontre d'un gamète mâle et d'un gamète femelle, c'est ce qu'on appelle la "naturalisation" chez nous… », poursuit-il. « Vous savez, les paléontologues ont émis l'hypothèse que la paternité, c'est-à-dire la prise de responsabilité de l'homme face à son enfant, est le préalable nécessaire à tout processus d'hominisation. C'est ce qui a fait dire à Edgar Morin que le grand phénomène qui prépare l'hominisation et qu'accomplit l'homo sapiens, n'est pas le meurtre du père comme le prétendait Freud, mais la naissance du père qui passe par la responsabilité sur sa progéniture. »

Il me plaît, j'aime ses pattes-d'oie d'homme sérieux. Je me lève, et sans réfléchir, je m'installe à côté de lui, tout près. Et j'attends. Le silence est interminable et si bon, il y a dedans mille ans de gêne entre les hommes et les femmes qui se plaisent. Il me prend la main, sans rien dire. On ne se regarde pas. On se touche sans bouger.

Le langage a déserté ma pensée, je suis un état, je suis une enveloppe, je ne suis plus dans mes habits, ils flottent autour de moi. Puis je pars, sans rien dire. Je ne suis pas douée pour les adieux.

10.

Le soir, je repense à lui. Je me suis habillée pour lui, pourtant là où je me rends, il ne sera pas. Il me poursuit et j'ai l'impression que sa main est encore dans la mienne. Il faut que je le revoie. Juste pour sa présence, sa voix façonnée par le sens, son sourire au coin des yeux, sa cicatrice dont je me souviens à l'instant. Le revoir, sans rien faire, deux enfants qui n'ont pas les gestes, sur un lit simple dans une chambre qui ne sait encore rien de l'amour. Je poserais ma main sur sa cuisse, peut-être un peu plus haut, juste à côté du sexe que je devinerais se tendre pour la première fois, bouger dans cette attente. Je déposerais un baiser sur cette boursouflure et je partirais pour le rendre fou.

Dans la salle de gala au profit d'une association, je suis la seule vêtue d'un costume noir, d'homme. Il y a peu de femmes, et les quelques-unes toutes peintes de couleur. Elles me font penser à des hyènes fragiles qui se sont parées pour qu'on les contemple depuis un buisson. Je les regarde, je les envie, cela ne cesse pas. Et lorsque je suis attirée par un homme, ma jalousie court dans toute la ville, sur tous les murs, elle prend toutes les formes et se pose sur tous les visages.

Un drôle de garçon sans âge dont je ne retiens que la blondeur prend place à côté de moi.

« Je peux ? » désignant la chaise à côté de la mienne.

Je lui souris, à peine.

La table est ronde, assez petite, suffisamment pour que nos mains se frôlent à plusieurs reprises. Décidément, les mains des hommes m'accompagnent en ce moment. Elles me retiennent à un fil. Douces et anonymes. Lorsqu'il me sert du vin, lorsque je prends le sel placé à sa gauche. Et sa main droite m'est intime. Il porte un costume sévère, mais j'aime l'allure qu'il lui donne. De ce costume émerge une tête fragile. Son port de tête est gracieux, mais il manque de muscles. Je me fais la réflexion que j'ai des standards et qu'un homme ne pourrait pas écrire cela. J'ai ce privilège d'être une femme qui peut tout écrire.

« Que fais-tu dans la vie ? », me demande-t-il. Surprise par le tutoiement, je ne réponds pas tout de suite.

« Je fais différentes choses, c'est l'intérêt d'être indépendante. Et vous ?

— Ah oui c'est vrai, j'ai dit *tu* un peu trop vite, on ne se connaît pas, mais on semble être de la même génération. Enfin, c'est ce que j'imagine. Je lance une boîte, des voyages sur mesure pour des fous de sport », répond-il en avalant une trop grosse bouchée. C'est terrible comme un homme qui tient mal ses couverts perd tout crédit à mes yeux. Le coude trop haut, fini. Les bruits, terminé.

Je ne sais pas l'expliquer mais il m'agace. Quelque chose, cependant, me dit que le garçon qui me tutoie peut m'aider dans mon enquête, je le sens de cet instinct de chat. Alors je prends sur moi et je lui demande, de but en blanc, s'il n'a pas dans son entourage, par exemple, une connaissance qui travaillerait au tribunal de grande instance.

« Si, ma sœur. »

Quelle était la probabilité que l'homme assis à côté de moi ait une sœur qui travaille au tribunal de grande instance ? Quelle était la probabilité que la pièce du puzzle s'emboîte si bien à ma table ?

Soline est en effet psychologue au tribunal. Tout le reste me paraît long, j'ai envie de rentrer dans la seule optique d'écrire à cette sœur, cette femme, inespérée. Soline en qui je place tous mes espoirs.

Sitôt le dîner quitté, je lui envoie sur les conseils de son frère une série de questions. Je ne ferme pas l'œil, guettant une réponse tard dans la nuit. Elle y répond autour de 2 heures du matin. Mon affaire l'intéresse.

Tes questions ont été transférées à un de nos amis juge des enfants (qui était auparavant juge d'une chambre civile, et JAF).

Mon copain estime qu'un juge aux affaires familiales, un JAF, comme un juge de chambre civile seront à même de pouvoir te répondre, mais qu'il s'agit d'un domaine tellement spécifique qu'il n'est pas simple de te trouver un interlocuteur éclairé. Voyons déjà les retours de notre ami juge.

Je reviens vers toi dès que j'ai plus d'éléments.

UNE DEMANDE FOLLE

Je ne supporte plus cette expression « revenir vers ». Est-elle déjà venue vers moi ? Elle se serait avancée, se serait rapprochée, puis détournée ? Elle aurait changé de direction et reviendrait ? Je suis néanmoins heureuse, j'ai approché la bonne personne et elle va « revenir vers moi ». Et j'ai grand besoin que l'on vienne, tout court, vers moi.

11.

Dans mon bureau, ce matin de givre, je travaille en pull de laine, les fenêtres sont mal isolées et je dessine sur la vitre les lettres de mon prénom. J'entends le vent. C'est le même sifflement que la cafetière de mon père. J'aime entendre ce bruit. Je regarde la pluie tomber et les plantes oubliées dans la cour pavée. Soustraites au regard des femmes et des hommes, ignorées, à nos pieds, mortes sans tombes.

Je veux mettre des visages sur ces histoires qui pourraient ressembler à la mienne. Je tape sur Google « J'ai vécu un test de paternité », « Mon père m'a demandé de faire un test de paternité ». Rien. Tous les témoignages sont ceux de mères et de pères, des ex-conjoints la plupart du temps, pour obtenir des pensions, jamais de l'enfant. Pas une seule parole qui fait écho à la mienne.

Alors je me tourne vers la classe politique. Avec cette question qui m'obsède autant qu'elle me terrorise. Quelle importance donner au facteur génétique ? J'ai du mal à me faire une opinion arrêtée sur la question. Il faut que je m'entretienne avec l'ancien député Marc d'Antreval qui avait brillé par son discours sur la révision des lois de bioéthique. Il a été rapporteur et son point de vue était clair : on ne doit pas libéraliser les tests de paternité. Pourquoi est-il défavorable à la libéralisation des tests de paternité en France ? Je demande dans un premier temps à sa maison d'édition, puis je double en écrivant directement à son cabinet, il est devenu maire.

Dans le même temps, j'obtiens le numéro d'une ancienne garde des Sceaux, par un ami journaliste. Pour cette femme politique, il faut protéger l'enfant, ce que la justice permet d'encadrer. Sa position est la mienne. Je voudrais l'entendre de sa bouche.

J'attends avec impatience de rencontrer un juge, mais Soline ne me répond pas et le service de presse du tribunal de grande instance tarde lui aussi à m'accorder un rendez-vous. Je descends prendre un café, au troquet où j'avais rejoint l'autre jour ma mère, avec la peur et le souvenir ému de revenir sur nos pas. Avant cela, j'ouvre ma boîte aux lettres, ce que je ne fais jamais, je laisse toujours mon compagnon relever le courrier. Aujourd'hui, j'ai senti qu'il fallait que je le fasse, moi. J'y trouve une lettre. Je l'ouvre avec empressement, j'ai reconnu l'écriture de ma mère. Ma fébrilité est assortie d'une peur de découvrir la vérité du monde. Cette lettre, ces mots, sont la promesse de remonter à l'origine. J'annule tous mes rendez-vous, le seul que j'aie est avec moi-même. Le reste n'a pas d'existence, le reste est un détail, une constellation de petits événements inutiles. J'ouvre l'enveloppe, et dans mon lit, je remonte la couverture jusqu'à mes yeux. J'ai les pieds froids.

« Ma chérie, quand nous nous sommes vues dans ce joli troquet sans lumière, je ne voyais pas clair moi non plus. C'est amusant comme l'ambiance nocturne résonnait si bien avec mon état. J'étais dans le noir. Puis nous sommes montées chez toi et marche après marche, devant toi, je me suis dit que j'aurais dû être un paravent pour toi. Je ne l'ai pas fait, je ne l'ai pas été. Pas suffisamment en tout cas, je le déplore. Je dois remonter à plus loin que ta naissance. Il y a certaines choses que tu ne sais pas et qui sont remontées à ma conscience. Ma mère n'a pas vécu avec son père. Je n'ai jamais connu mon grand-père. Je ne sais rien de lui. À sept ans, on a interdit à ma mère de voir son père, il a été chassé de la maison par la famille, parce qu'il était joueur, il aimait le jeu. Il perdait tout. Il n'a plus eu le droit de visite. Toi qui aimes Sagan, tu comprends ce que le Casino peut représenter. Cela a détruit une famille. J'ai voulu réparer ma mère, de l'enfance qu'elle avait vécue sans son père, sans cette attache qui vient du haut. C'est un ciel un père. Et quand au-dessus de la tête, on n'a rien, on se tient au milieu des autres, en éternel enfant. Alors sans doute, ai-je eu peur de vous priver de lui, toi et tes sœurs. L'idée m'était insupportable. J'ai accepté sa violence, je l'ai tue, je me suis tue. Et puis, j'aimais ton père, il a d'immenses qualités, tu le sais et tu me l'as toujours dit. Il s'occupait bien de vous, il était là, il cuisinait pour nous, il était un bon père. Je l'aimais. Il vous aimait. Nous étions heureux. Je mesure aujourd'hui ta souffrance et je ne crois pas que je puisse en guérir un jour. Savoir que tu as traversé avec peine ton enfance m'horrifie. Je n'ai pas pu te protéger car je protégeais ma mère, même après sa mort. Sauras-tu me pardonner un jour ? Je t'aime, je te veux heureuse comme tu sais l'être. Je connais tes parts d'ombre, je sais tes troubles, mais au présent tu souris. C'est comme ça que je pense à toi, une femme devenue mère qui est tombée plusieurs fois mais qui s'est relevée pour sourire au monde. »

Je ne me suis jamais relevée.

12.

Dans mon lit, mon ordinateur sur les genoux à fouiller les entrailles du web dans ma quête de rationalisation, les draps sont usés. Le maire m'a répondu, comme si le présent reprenait les devants. Comme s'il avait su que j'avais besoin de lui. J'oublie ma mère. Il ne me recevra pas, par manque de temps mais il m'a écrit un mot très clair qui me suffit pour avancer.

« Je suis formel et je maintiens : autoriser les tests de paternité en France serait un signal fort en faveur de l'importance du facteur génétique. Or, notre droit, notre République sont fondés sur le droit du sol, l'éducation et le transfert humain, pas sur la génétique ou le transfert de la race. »

Je commence à y voir clair : en France, on place très haut la protection de l'enfant. Pour cela, on ne l'expose pas à un test de paternité, dit « de confort », sans le recours et l'aide de la justice. La justice, cette grande femme protectrice, droite, grand-mère de l'humanité issue du droit romain, censée réparer, juger, penser pour nous du haut de son grand âge. Elle m'aurait secourue il y a dix ans. Elle aurait dit à mon père, ne lui faites pas ça, elle n'a rien demandé cette enfant. Et puis au fond vous le savez qu'elle est votre fille. Et en quoi cela la regarde-t-elle qu'il y ait eu un autre homme ? C'est de cela dont j'ai besoin aujourd'hui, qu'un juge se pose sur mon berceau, qu'il me dise, d'une voix limpide et définitive : c'était une demande folle, la demande n'aurait jamais abouti. Mais aucun juge ne me répond, aucun tribunal ne m'aide, je nage encore dans le lit de mes parents, déserté un soir par ma mère.

Les avis divergent. Pour certains, au contraire, les tests de paternité doivent être légalisés, libéralisés et mis en libre-service. Pour eux, on devrait pouvoir acheter des tests salivaires, en kit, en pharmacie. Je trouve le témoignage de Frédéric Favereau, sénateur de Loire-Atlantique, dans une note du Sénat qui porte ce point de vue. Compte tenu d'un clientélisme frontalier, il milite en faveur d'un système qui respecterait le droit à la vie privée du père et des enfants tout en simplifiant les analyses génétiques par simple consentement écrit mutuel. Mais qu'est-ce qu'un consentement pour un enfant ?

Faire ces recherches me sort de la prison qu'était devenu mon crâne brouillon.

Je regarde l'heure, je vais être en retard. Je dois aller chercher mon père à la gare, il ne sait rien de mon enquête. J'ai l'affreuse impression de le trahir. Mais j'y vais, cachotière de ces choses graves. Ma poitrine est lourde ce soir, à crever. Comment me tenir face à lui ? Comment échanger des banalités alors que je mastique l'insensé ? Comment lui dire que j'écris sur lui, sur nous, que je tente de m'éloigner du jour du canapé, de la nuit du doute, du train malade, des briques et de la terreur passée ? Et quand il prendra ma main, comme il le fait lorsque l'on se retrouve, il la trouvera froide et moite, comme les jours d'examens, car ce que je vis n'est rien d'autre qu'une épreuve.

13.

Mon père dort à la maison, dans mon foyer. Une maison qui abrite une vie choisie. Comme un ventre certain qui n'a jamais douté. J'ai fait un enfant, et lui ai choisi un père. Il n'y a qu'un homme, qu'un père. « Papa » dit mon enfant et dans ce mot il y a tout ce que j'ai dépassé, ce que j'ai laissé derrière, les hésitations folles, les hypothèses, les délires des parents qui se racontent des récits clandestins, les présupposés honteux, les suppositions insensées, les spéculations aliénées qui ressortent plus tard, jaillissent pour détruire les enfants qui n'ont rien demandé. Car moi, je ne me suis jamais demandé si j'étais la fille de mon père. Cette question était la sienne, jamais la mienne. Et il me l'a tendu, ce bâton dubitatif, me laissant avec son supplice entre les mains.

Le canapé, dépliable, est disposé près de la cheminée, on y entend les bruits du monde qui s'y glissent. J'aime préparer son lit à mon père. Depuis que j'ai vu le film *Une journée particulière*, avec Sophia Loren qui étale les draps sur le lit, je pense à elle, à l'Italie, au doux soleil, et je guette chacun des bruits sur le matelas. Faire le lit de quelqu'un est un acte de tendresse. On y laisse le passage de nos mains. Et l'autre n'en sait rien.

Ce soir, je n'ai pas de voix. Je ne veux plus parler. Je lui passe le pain, je le coupe pour lui. Je le regarde, muette. Et je vais me coucher, défaite de n'avoir su dire. D'une main levée, de dos, je m'éloigne, tête baissée. Je ne peux plus jouer cette pièce de théâtre qui ment, qui manque de probité, il faudra avouer. Demain, je lui dirai.

Et ce demain est aujourd'hui.

J'ai tout oublié de mes bonnes résolutions. Je débarque la première dans la pièce où il dort pour le voir encore assoupi. Je m'installe sur le lit, repliant la couverture sur moi, et lui parle, longtemps, de tout sauf de l'essentiel, tandis qu'il a pris place, les yeux encore mi-clos, sur le fauteuil gris, tout près de moi. Je n'ai jamais été dans un lit avec mon père. Il y a le lit des enfants et le lit des parents. On ne mélange pas tout, et surtout pas ça. Pourtant où d'autre m'avait-il mise en pensée sinon dans leur lit malade et fou ?

J'ai froid, je lui vole son pull, j'aime mettre une laine à lui, c'est un peu de sa peau sur moi.

Je voudrais qu'il m'accompagne dans ma journée. Il accepte mais il se promènera d'abord dans son quartier d'enfance, pendant que je me ferai couper les cheveux, puis, oui, il viendra me chercher.

À mesure que mes boucles tombent sur le sol, je me dis que je me déleste.

Ma coupe est courte et mon père est là, devant la porte, alors que je règle. Nous ne nous étions pas donné rendez-vous, il a senti que c'était le moment de venir me chercher, comme à l'école, à la sortie, au bon moment, à l'heure des mamans, mais c'est mon père.

Nous marchons dans le vent, côte à côte et je voudrais lui prendre le bras mais je n'ose pas. Et à nouveau, ma voix s'éteint. Je vis dans un temps interdit, étouffé qui me tue lentement.

« Je vais rentrer lire maintenant », dit-il tout bas.

Et moi je me perds dans Paris. Et je me retrouve au pied de l'immeuble qui l'a vu grandir. Comme si mon père avait laissé des cailloux pour que je sache où retrouver l'enfant qu'il a été. Étranges petites pierres, à la forme variable, entourées de noms d'existences enfouies. Et c'est vers elles que je me tournais, ce sont elles qui m'aspiraient.

14.

L'ancienne garde des Sceaux m'attend, droite et fidèle à l'image que je me suis faite d'elle à travers les médias, élégante et rieuse. Elle a peu de temps, mais elle trouve de l'intérêt à ma demande. C'est un sujet, selon elle, trop peu abordé par la classe politique.

« Merci d'avoir accepté de me voir. Je fais rapide car je vous sais prise… J'ai lu votre discours de 2013 sur les lois de bioéthiques. Vous maintenez que les textes de loi ne changeront pas sur les tests de paternité ? amorcé-je, la voix hésitante, reconnaissante de sa présence.

— En matière de filiation, j'ai toujours pensé qu'il ne fallait pas envisager une seule seconde de modifier le cadre juridique français de l'expertise génétique. »

Elle est claire. Elle m'impressionne. Je repose ma tasse à côté de la soucoupe, désorientée, elle le voit et me sourit.

Cette ancienne ministre de la Justice pose sur moi une couverture chaude pour me faire oublier que je tremble.

Elle rappelle le cadre. Celui qui n'a pas été le mien puisque nous avons fui, en Suisse.

« Comment expliquez-vous qu'il faille passer par un juge en France ? C'est ce qui m'aurait protégée, moi. »

Elle est calme, elle me répond, d'une force tranquille, rompue à l'exercice.

« Le juge doit préalablement autoriser le test, puis recueillir le consentement de chacun des participants. Puis, après ordonnance du juge, le test doit être réalisé par des experts agréés faisant l'objet d'un contrôle périodique par une commission spécialisée.

— Mais pourquoi un juge ? Je bute là-dessus, pardonnez-moi…

— C'est un système – décalé par rapport à nos partenaires européens – qui vise à empêcher les tests réalisés par curiosité personnelle sans prise en compte de l'intérêt supérieur de l'enfant. »

Curiosité personnelle. Je cours aux toilettes, la laissant là, interloquée. Intérêt supérieur de l'enfant. Je m'essuie les lèvres. Qu'en a-t-on fait du mien ? On lui a supplanté l'intérêt, la curiosité du père, et on a fait un « test de confort ». Ce mot est abject. Le confort caractérise celui du père, pas celui de l'enfant.

De retour, face à elle, l'ancienne ministre me demande si tout va bien. Elle a vu mon émoi, elle a compris.

« Vous savez, je me suis battue pour que le dispositif législatif veille au respect de l'intégrité corporelle et de la vie privée de l'enfant. On ne fait pas un test comme on va acheter des yaourts. Vous avez sans doute lu le point de vue de Frédéric Favereau, qui veut faire bouger les lignes, j'y suis opposée et le resterai. Ce sont des questions trop métaphysiques, trop existentielles, trop graves pour exposer les enfants à ce danger-là. »

Elle soupire et puis, elle a un geste qui me déchire le cœur, elle me prend la main.

« Le droit de filiation français ne repose pas exclusivement sur la biologie, il laisse une place importante aux modes d'établissement volontaire de la filiation.

— Oui, c'est vrai, c'est ce qui permet d'être père lorsqu'on a adopté un enfant. »

Je poursuis, songeuse et je fais un rapprochement avec ce que m'avait dit mon sociologue. « C'est pour cela qu'on parle de fiction du biologique, je viens de comprendre. »

Elle s'éloigne, d'autres rendez-vous moins émouvants, plus formels l'attendent, elle me prend dans ses bras.

Je reste là, empesée sur ma chaise et je plonge en moi.

On peut, on doit choisir d'être père. Plus fort encore, plus puissant encore est un père qui se choisit. Qui se passe de la science et dit à son enfant, même s'il ne sait pas au fond si cela est vrai « je te choisis mon enfant ».

C'est cela respecter l'*intégrité* de son enfant. Je retiens cette expression et les frissons qui me parcourent m'indiquent que la mienne a été bafouée. Mon corps a été ballotté. Trimballé. Exfiltré sous cape, en Suisse.

Pourquoi en Suisse est-ce légal ? Pourquoi ne protège-t-on pas les enfants là-bas ? Pourquoi considère-t-on qu'un père puisse mettre sa paternité en balance, pourquoi est-ce légal de mettre sur un siège éjectable son enfant ? Au motif que l'on a peur comme tous les pères ont peur de n'être pas le géniteur, le dieu suprême, le tout puissant.

Mais comprendront-ils un jour qu'ils ne porteront jamais leurs enfants et que leur rôle commencera plus tard et qu'il faudra construire le lien, dans le temps d'après ? Être père est une construction sociale et culturelle. Alors oui, il faudra s'occuper de nous, nous coucher, nous nourrir, nous dorloter, nous bercer sans nous avoir portés. Nous aimer, même s'ils ne nous ont pas eu dans leur corps imparfait et fait d'un vide biologique. Ils n'existent pas avant notre naissance. C'est un fait, leur plus grande douleur. Est-ce pour cela qu'ils ont tant de mal à prendre leur place ? Est-ce parce qu'ils entrent en scène neuf mois plus tard qu'ils le font payer, à la mère, à l'enfant ensuite ? Qu'ils fassent leur deuil, une bonne fois pour toutes, du rôle principal. Du premier rôle. Ils ne l'auront jamais.

Je bondis de ma chaise, et je sors sur le balcon fumer une cigarette en regardant les oiseaux. Tout me paraît absurde. Les oiseaux ne demandent pas à leurs enfants s'ils sont bien leurs enfants.

Des portées. Ils naissent puis vivent. Les pères corbeaux ne perturbent pas le vol linéaire des bébés corbeaux, ils ne les embarrassent pas d'une trajectoire qui n'est pas la leur. Des points noirs et simples dans le ciel. Un père m'a déviée. J'appelle le tribunal de grande instance, cela devient du harcèlement. Mais on me répond, et cette fois, l'intérêt est manifeste. Oui on va me recevoir. Ce sera la vice-présidente qui m'accueillera demain.

15.

Dans cette journée, j'aurai deux vies. Je vais revoir mon sociologue puis j'irai au TGI. La vice-présidente, Vinciane Mulliez, m'a écrit un mot me précisant qu'il faut impérativement que je sois munie de ma pièce d'identité sans quoi je n'aurai pas accès à la salle des pas perdus. Les pas perdus, l'expression me fait sourire.

Je répète en boucle ma question : est-ce qu'un juge aux affaires familiales et un avocat auraient autorisé mon père à réaliser ce test de paternité il y a dix ans ici en France ? Je révise ma réplique, avec la peur de ne plus connaître mon texte.

Mon sociologue est amaigri derrière la fenêtre du café. Nos mains ne se toucheront pas.

« Je suis malade, prononce-t-il tout bas, une chose infecte qui m'empêche de penser et de travailler. » Il sait que je vois sa maigreur, il s'en justifie. On ne voit que cela. Les veines, la peau, décharnée.

Je baisse les yeux, il soupire.

« Je suis un protocole de chimiothérapie. »

J'en pleurerais. Quelques semaines plus tôt nous étions dans la vie. Car qu'est-ce d'autre la séduction qu'une preuve de vie ? Il y a même la promesse d'une autre vie dans cette danse-là. On s'embrasse, on se touche pour que l'univers s'emplisse. On peut bien faire semblant, tout ce qui compte sera une vie de plus.

Sa franchise me bouleverse. Il a réfléchi à mon sujet, c'est un don qu'il me fait alors qu'il traverse une épreuve innommable. Il a pris de son temps, je le lui ai volé. Peut-être ses derniers instants à vivre. Il me les a consacrés.

« Vous me demandiez, je peux dire tu ?… Ce que c'était la fiction du biologique… dit-il pour éviter tout épanchement.

— Oui…

— C'est ce qui nous amène à assimiler engendrement et filiation, et donc à croire qu'elle est biologiquement fondée, alors qu'elle est purement culturelle. »

Que faisait donc mon père de la dimension culturelle, de la transmission, des sorties au parc, des câlins, des biscuits rapportés à la sortie de l'école, de ses mains si douces sur mes tempes qu'il trouvait belles car ma peau est diaphane et que l'on y voit mes veines transparaître comme des rivières bleutées ? Que faisait-il de tous ces mots qui sont passés de sa bouche à mon esprit ? Que faisait-il de mon héritage intellectuel ? Il m'avait tout donné. Il avait été un papa, un père, un ours qui aime. Il jetait aux orties, par cette demande, tout ce qu'il avait représenté pour moi. Ses baisers tendres et chauds, ses mots rassurants qui donnent la confiance pour pousser comme une bonne plante, ses gestes qui disent toute la bonté et le dévouement.

« La filiation est une pure construction. Elle n'est pas biologique », martèle-t-il encore une fois. Cela semble être un combat pour lui. Il mourra, peut-être de l'avoir trop dit.

« Le père joue le rôle de la mise au monde. Le père prend en charge le petit et l'éduque, l'amène à la vie adulte. »

Il pleure.

« J'ai perdu mon père très jeune, il m'a laissé une lettre. Il m'a élevé comme son fils, mais il n'était pas mon père. »

J'éclate en sanglots. Nos peines se fondent l'une en l'autre, il faut qu'on se quitte.

Mais juste un mot avant de partir, « Tu devrais rencontrer un prêtre parce que derrière l'illégalité française des tests de paternité, il y a une dimension religieuse. Le père est celui qui choisit d'être père, tu comprendras. »

Je le prends dans mes bras. Une dernière fois.

Tout bas, alors qu'il s'éloigne, il me glisse « Bonne continuation à toi, je te souhaite de belles pages d'écriture. Merci d'avoir pris ma main, j'en avais besoin, envie aussi ».

Il s'en va et je l'écoute encore en moi. Rencontrer un prêtre, par loyauté envers lui et pour terminer mon enquête, je marche vers l'église Saint-Gervais, sans réfléchir, titubante. Devant la lourde porte de ce sanctuaire où l'on oublie que notre pays est sécularisé, je me demande ce que je suis venue faire là. Mon père était un enfant de chœur, il a baigné dans la culture chrétienne, la délaissant ensuite pour se fondre dans la tradition juive de ma mère. Il a renié les siens, par amour pour ma mère, et il a beaucoup aimé mon grand-père maternel, ce vieux juif généreux qui l'a pris sous son aile. Mais lorsque venait Noël, je sentais qu'il manquait quelque chose à mon père, il ne le fêtait pas, mais ses souvenirs le rendaient nostalgique et absent à lui-même comme à nous. Dans cette église, je suis venue faire la paix avec mon père.

Dans la nef, le prêtre agite un encensoir. S'en dégage le parfum de la fin de mon enquête. Je cours vers lui. Je lui explique que je viens de rencontrer un sociologue et qu'il m'a conseillé de discuter avec un homme d'Église.

Il a la peau burinée, le teint pâle et le regard doux. Il me dit de m'asseoir et de l'attendre là. Pendant quelques minutes, je regarde les chapelles, l'abside, la chaire, le chœur, les bancs, les livres de prière, la pierre froide du sol et je me surprends à avoir la joue humide. Mon père se loge dans tous ces symboles et je l'imagine petit enfant en culotte courte, si bien habillé par sa mère qui m'avait dit une fois « Je repassais les aubes de ton père très tôt, pour qu'il soit beau ».

Je me lève, je trempe ma main dans le font baptismal, et je dépose sur cette joue l'eau du bénitier. Je le fais sans croyance, je veux juste un rituel pour terminer mon enquête dans ce vaisseau sacré et demander pardon à mon père d'avoir écrit tout cela sans lui en parler. Je me lave. Mais il ne s'agit pas de péché. Ni du sien, ni du mien.

Le prêtre revient à mes côtés. « Je ne veux pas me confesser », lui dis-je, « surtout pas ». Et je lui précise que je suis juive.

« J'ai fait un test de paternité il y a dix ans, mon père est mon géniteur, j'ai écrit cette histoire et je voudrais savoir quel est le point de vue de l'Église sur les tests de paternité. »

Il respire, calmement, il semble chercher le ciel malgré le plafond baroque et pose son regard sur ses mains qu'il croise avant de prendre la parole.

« Le Nouveau Testament commence avec une histoire de paternité.

— C'est-à-dire ?

— Joseph est fiancé à Marie. Ils vont se marier. Joseph pourra alors l'accueillir dans sa maison et elle sera son épouse. Marie cependant, attend déjà un enfant et Joseph est bien placé pour savoir qu'il n'en est pas le géniteur. Marie s'est laissé aller à l'adultère. Il choisit d'abord de la répudier. Mais une nuit il rêve qu'un ange s'adresse à lui : "Joseph, fils de David, ne crains pas de prendre Marie comme femme, l'enfant qui a été conçu en elle a été créé par le souffle de Dieu. Appelle-le Jésus." », continue-t-il, posément, la voix du conteur, le souffle qui m'envoûte, il connaît son sujet, le maîtrise, c'est un griot, il m'apaise.

Il poursuit.

« Joseph écoute son rêve, il fait confiance à son songe. Alors, il accueille Marie chez lui, et l'enfant de sa fiancée sera le sien. Il l'adoptera l'aimera comme son fils, raconte-il, cette fois en me regardant très intensément.

— Joseph est donc un père adoptif, dis-je, en me tenant au banc pour ne pas tomber.

— Oui. Joseph n'est pas le père biologique de Jésus. Ce qui qualifie la paternité est l'adoption. Lorsqu'un enfant vient au monde, la mère a une longue histoire avec celui qui était dans son ventre. Elle accueille un nouveau-né mais aussi un petit qui était une partie d'elle-même. À la différence de la mère, lorsque le père prend l'enfant dans ses bras, il fait connaissance avec un étranger. Il lui faudra du temps pour qu'il devienne son fils, sa fille, par toutes les fibres de son corps. »

Les larmes coulent en moi, je ne veux pas montrer mon émotion, pas à lui.

« Qu'aurait dit le prêtre que vous êtes, à la femme perdue que j'étais qui faisait un test de paternité ?

— Vous savez, pour se positionner dans l'espace on a besoin de deux repères. En bateau, on a besoin de deux phares ou de deux points fixes, dans la vie c'est pareil. Vous avez été fragilisée par l'absence d'un point fixe, au moment du doute. Je vous aurais cité ce verset : "La vérité vous rendra libre". Oui, je crois que je vous aurais dit de faire ce test de paternité car il vaut mieux partir d'une vérité que d'un doute. À partir de la réalité de la réponse, on peut réfléchir. On ne peut pas partir d'une supposition.

— Vous pensez que mon père s'est identifié à Joseph ?

— Peut-être, mais je ne connais pas votre père. En revanche, ce que je peux vous dire c'est que dans le cadre du judaïsme si la religion se transmet par la mère c'est parce qu'on n'est jamais sûr du père. Alors que dans le Nouveau Testament la généalogie passe par les pères. C'est une tradition patrilinéaire, de père en fils.

— Je crois que je suis venue dans cette église pour renouer avec mon père. Il allait souvent à l'église. Toute cette partie de lui, je ne la connais pas. Je crois que je vais quitter cette église avec l'impression d'avoir laissé quelque chose ici mais je ne sais pas encore quoi.

— Peut-être que vous pouvez laisser ici le poids du mystère. »

Déjà je m'éloigne, je n'ose pas lui serrer la main. Et lorsque je descends les marches de l'église, je trébuche violemment. C'est le soleil qui me relève en déployant sa clarté, je suis traversée par des éclats de vérité. Mes yeux brûlent de tant de lumière.

16.

J'arrive en taxi au tribunal de grande instance. J'ai une nausée qui m'empêche de penser. Plus rien ne monte au cerveau. Je repense à Jacques-Antoine. À son souffle malade. À toutes ces personnes qui m'ont tenu la main. Je titube sur le parvis du tribunal. Les feuilles mortes imbibées de pluie font glisser les passants, bousculés par un vent tenace. Les contrôles aux portiques sont nombreux, « comme dans un aéroport » plaisante un agent de sécurité. Puis une marée de robes noires, les avocats sont partout et très souvent accompagnés de policiers. Les détenus mains dans le dos sont amenés au dépôt, la tête baissée. Libre, je m'avance vers la cafétéria, semblant de vie dans ce grand bâtiment vitré, dont la hauteur promet le ciel aux personnes qui retrouveront la liberté.

Je suis la seule cliente dans la cafétéria, où j'ai décidé de déjeuner, en avance. Les tables sont trop hautes, trop blanches et me renvoient au souvenir de celles de la cantine de l'hôpital. Ici, déjeuner n'est pas une priorité, on est en instance de départ, vers les étages, les salles d'audience.

Je lis des phrases que je ne comprends pas sur un grand tableau numérique qui semble afficher des destinations inconnues ; 14 h, Tribunal judiciaire – JLD Rétentions administratives, Nord 4, salle d'audience 4.14. 15 h – JLD – Juge de l'exécution Cabinet 3. Sud 6, salle 6.08.

On plaide, on juge, on applique, on ordonne. Et je suis là pour mettre des numéros, des lois, des articles sur mon état et sortir, enfin, de l'innommé. S'affranchir de l'impensé. La loi comme rempart, les juges comme des dieux qui se pencheront enfin sur mon histoire criblée de déraison. Apposer du certain sur l'inexploré, et vivre sous une nouvelle peau, plus forte, plus dure. Je cherche à tanner mon sort dont le cours a été renversé le jour du canapé.

Rattraper ce canapé, le remettre à sa place, passer un balai en dessous pour que la poussière ne gagne pas le fils que j'ai eu, petit garçon qui ne sera pas persécuté par ce qu'il y a en dessous des meubles, crasse incurable de ceux qui sont passés avant.

J'ai peur de vomir, je me retiens et me force à manger. Je cherche le point final. Écrire un récit familial limpide. Revenir sur terre où marchent les vivants. Et marcher seule.

La vice-présidente, Vinciane Mulliez, a du retard, mais lorsque je vois cette femme élancée dans la salle des pas perdus, je sais que c'est elle. Elle ne porte pas de robe, elle doit être juge civil, elle n'a pas besoin de se grimer pour énoncer l'autorité. Je m'étais imaginée cette femme dans l'habit de la loi mais elle est en pantalon noir et porte un pull de laine douce, sans doute du mohair, presque neuf, elle ressemble à de la neige, elle est pure et gracieuse. Son carré mi-long encadre un visage innocent, je la suivrais au paradis. Elle m'accompagne avec sérénité à l'accueil où l'on pourra me délivrer un badge de visiteur. Je suis une visiteuse, je passe, je ne laisserai aucune trace, je serai un vague souvenir dans la vie de cette femme qui côtoie le doute tous les jours. Des dossiers qui ressemblent au mien s'empilent sur un bureau rangé. Je m'installe face à elle.

« Est-ce que mon cas est fréquent ?

— Non, un père ne demande pas à sa fille majeure de réaliser un test de paternité car il y a des délais de prescription. »

Sentence, couperet.

J'ai besoin d'entendre à nouveau cette phrase, je veux m'assurer que je ne l'ai pas inventée alors je lui demande de répéter mais nous sommes interrompues par une collègue, très jeune, qui s'installe à mes côtés. Elle se présente à moi, juge aux affaires familiales, elle connaît par cœur le sujet. Mes mains tremblent, je le vois car j'ai du mal à prendre des notes, je ne saurais me relire, je demande si je peux utiliser mon dictaphone mais c'est interdit. Il faut que je retienne ce qu'elles énoncent.

« Vous ne pouvez pas enregistrer, mais ouvrez votre ordinateur, vous aurez moins de mal à taper des notes qu'à écrire à la main », me propose la vice-présidente.

« On a accepté de vous recevoir car on n'a jamais entendu pareil dossier. Dans 99 % des cas on est saisis par un parent qui agit contre l'autre, jamais par un père contre son enfant majeur », affirme Vinciane.

J'avais le pressentiment que mon cas était unique, j'en avais ici la confirmation.

« Est-ce qu'un test de paternité aurait pu être ordonné par un juge dans mon cas ?

— Non. Une fois l'enfant majeur il n'y a que les enfants qui peuvent agir. L'enfant a jusqu'à ses vingt-huit ans pour faire une recherche de filiation ou pour la contester. »

Mes mains ne tremblent plus. Je trouve une forme d'apaisement gonflé d'un sentiment de toute-puissance, j'avais eu raison de venir là, j'avais eu la présence d'esprit de confronter la parole du père au précepte, à l'ordonnance, à la clarté rigide de la législation, à la justice.

La folie qui m'avait gagnée depuis le jour du canapé était enfin rejetée comme une greffe qui n'aurait pas pris. J'étais saine et sauve d'esprit, je n'avais pas déliré, cette demande était folle. J'avais tout accepté, docile que je fus. Naïve et folle à mon tour.

« Vous êtes en train de me dire que la demande de mon père aurait été rejetée ?

— Vous étiez majeure, votre père aurait ce qu'on appelle engagé une action contre vous. Et le tribunal aurait déclaré l'action irrecevable car prescrite. Il avait la possibilité de le faire jusqu'à vos cinq ans car il vous a élevée. En France, la loi est très claire. Si le père élève l'enfant jusqu'à ses cinq ans, il a jusqu'à cette date pour demander la réalisation d'un test de paternité. Et vous auriez dû être représentée par votre mère. »

J'ai besoin de remonter au commencement.

« Excusez-moi, je ne me sens pas bien. » Je demande un verre d'eau. Je garde le silence, je me lève, puis me ressaisis. « Comment se déroule une demande de test de paternité en France concrètement ?

— Il y a un demandeur, dans votre cas votre père, et un défendeur, vous. Votre père aurait engagé une action contre vous, par l'intermédiaire d'un avocat. Vous auriez dû engager à votre tour un avocat. Mais dans votre situation, aucun avocat n'aurait accepté de représenter votre père puisqu'il aurait su qu'il y avait prescription. En France, aucun juge, aucun tribunal, aucun avocat n'aurait accédé à sa demande. Même le procureur aurait rejeté son action. Elle était prescrite, un point c'est tout », répond-elle, avec la ferme douceur de l'expert qui a conscience de répéter ce qu'il a déjà énoncé.

Je prends une large inspiration. La fracture qui me sépare de mon passé se matérialise dans l'espace. La ligne du temps prend une autre courbe, en sortant de la salle, je referme la porte sur tout ce qui m'avait décousue. Je plie même la jambe, et monte le genou pour passer au-delà, je traverse, derrière moi les cauchemars s'entassent, ossuaires qui finiront par disparaître.

Je suis rendue à moi-même, j'erre dans les couloirs, je me trompe de chemin et entre dans une salle d'audience. Les mots que j'entends, je crois les rêver « Je te demande pardon d'avoir été si fou ». Il y a parfois dans la vie des moments qui s'apparentent à une pièce de théâtre écrite pour nous, juste pour nous. Des mots qui tombent au bon endroit, à la juste place, et l'illusion de croire que notre rôle est mis en scène dans un ailleurs nécessairement universel.

Épilogue

Lorsque j'attendais les résultats du test de paternité, je suis allée m'isoler dans une maison bretonne, un jour, une nuit. Pour voir la mer et y jeter mes doutes. Et je m'étais souvenue de cette phrase de mon père qui sait si bien trouver des formulations aussi simples et belles qu'un soleil qui se lève : « Le père est celui qui dit à son enfant de ne pas avoir peur d'aller au bout du chemin et de franchir la barrière pour voir ce qu'il y a de l'autre côté. » J'étais allée au tabac du village perdu, où seuls quelques parapluies venaient me rappeler que je n'étais pas seule au monde et j'avais acheté une carte postale pour lui. Je l'avais mise dans ma poche, l'avais serrée fort. Et puis j'avais marché.

Il y avait là des pierres humides, des arbres fatigués, et au bout, plus loin, très loin, j'ai aperçu un enclos. La ligne de fuite était sombre, j'avais peur de m'y enfoncer. Mais j'y suis allée, chaque pas comptant comme le premier vers la liberté. Je devenais sur ce chemin, adulte, poussée par la main du père, dans le dos, celui qui nous évite de tomber lorsque l'on apprend à faire du vélo.

J'ai escaladé cet enclos. S'y trouvait un taureau. Je n'ai pas craint ce mâle qui grattait déjà son sabot dans la terre. Le sol, boueux, une terre promise. Sur cette surface qui prenait l'eau, je détrempais mes questions, les lavais. Et puis je suis rentrée, l'enclos derrière moi et la mer à ma droite. J'ai regardé la jetée, j'ai senti les embruns caresser mon front, j'ai vu des nuages tomber en gouttes, plus bas.

Dans la maison, seule, au premier étage, j'ai posé la carte postale sur le bureau et j'ai tenu mon crayon longtemps avant de pouvoir dessiner une barrière, et une flèche, pour signifier à mon père que j'étais passée de l'autre côté.

Il n'a jamais répondu à cette carte. Je ne saurai jamais s'il l'a reçue.

Remerciements

Que soient ici remerciés :

Véronique Cardi, Anne-Sophie Stefanini, Monica Sabolo, Jean-Baptiste del Amo, Virginie Bloch-Lainé, Alice Develey, Charlotte Montpezat, Cyrille Falisse, Emma Roubertie.

CET OUVRAGE A ÉTÉ COMPOSÉ PAR NORD COMPO
POUR LE COMPTE DES ÉDITIONS J.-C. LATTÈS
17, RUE JACOB, 75006 PARIS
ET ACHEVÉ D'IMPRIMER SUR ROTO-PAGE
PAR L'IMPRIMERIE FLOCH (53100 MAYENNE)
EN JANVIER 2024

JC Lattès s'engage pour l'environnement en réduisant l'empreinte carbone de ses livres.
Celle de cet exemplaire est de :
500 g éq. CO_2
Rendez-vous sur
www.jclattes-durable.fr

PAPIER CERTIFIÉ

N° d'édition : 01 – N° d'impression : 103933
Dépôt légal : février 2024
Imprimé en France